ハヤカワ文庫 SF

〈SF1902〉

宇宙英雄ローダン・シリーズ〈449〉

《ソル》破壊工作

H・G・エーヴェルス&マリアンネ・シドウ

赤坂桃子訳

早川書房

7180

PERRY RHODAN
EIN HAUCH VON MAGIE
DER SABOTEUR
by
H. G. Ewers
Marianne Sydow

Translated by
Momoko Akasaka
First published 2013 in Japan by
HAYAKAWA PUBLISHING, INC.
This book is published in Japan by
arrangement with
PABEL-MOEWIG VERLAG GMBH
through JAPAN UNI AGENCY, INC., TOKYO.

目次

《ソル》破壊工作

魔術のいぶき

H・G・エーヴェルス

登場人物

ペリー・ローダン………………《ソル》のエグゼク1

ダライモク・ロルヴィク………マルティミュータント

タッチャー・ア・ハイヌ………ロルヴィクの部下

ガヴロ・ヤール…………………ソラナー。宇宙生物学者

ドゥネマン・ハルクラス………ソラナー。《モントロン》の航法士

スターソン・ククロウ
スタニア・ファイ=ティエング
ヒーラ・クーセン=レングテン
……ソラナー

フィンダー・ラパシュ…………ソラナー。《モントロン》乗員。シャルルマーニュ偵察部隊隊長

ブルイルダナ……………………アンスク人の統治女王

ドラニア…………………………アンスク人の若い女王

ブラボック………………………謎の羽根生物

プロローグ

ペリー・ローダンと〝サスコーン〟たちの攻撃は昆虫生物の猛反撃にあって失敗した。敵の火器の圧倒的な威力を前にして、ローダンは撤退命令を出すほかなかったのである。

部隊ごとに退却を開始した。一部隊がひきさがっても、べつの部隊が攻撃をしかけるので、昆虫生物は追撃をあきらめて掩体《えんたい》にかくれるだろうと。

だが実際には、最初の部隊がひきさがると、昆虫生物の巻きかえしは想像を絶するはげしさで、第二の部隊があわてて迎え撃つようなありさまだった。

しかも昆虫たちはやみくもにではなく、考えながら戦っている。その知性はけっして人類に劣らない。背丈は平均二メートルで、長い脚と腕四本を持ち、仮借なく攻撃してくる。だが、まだ決定的な一撃は欠いていた。

さいわいにも、これまではバリアと掩体が、大量の犠牲者が出るのを防いだのだ！最後の部隊といっしょに急場しのぎの陣地に撤退したとき、ペリー・ローダンはそう考えたもの。うしろでは、火炎につつまれて壁が崩壊する不気味な音と、エネルギー放射の轟音《ごうおん》がまだ聞こえている。

あえぐように息をしながら、かたすみにかくれ、もうもうと立ちのぼる煙におおわれている通廊をうかがった。昆虫生物はこの方向から反撃をしかけてくるはず。

「動きはありませんね」ななめ後方で身を伏せていたアラスカ・シェーデレーアがいう。

まさにその瞬間、遠くで鈍い音がした。甲高《かんだか》い遠吠えのような音がつづく。煙の向こうで影が動いた。

「相手には援軍がきたらしい」と、ペリー・ローダン。「正直な話、次の攻撃をもちこたえられるかどうか」

「奇蹟でも起こらないかぎり！」アラスカ・シェーデレーアが苦々しく応じる。

「奇蹟など起こらないさ」ローダンはいって、すすけた顔の汗をぬぐった。「劣勢のわれわれにはね」

1

「やめてくれ！」わたしは叫んだ。腕ほどの太さのエネルギー放射が救命カプセルをかすめたため、内部の温度が上昇し、宇宙服に気泡ができたのだ。

攻撃したのがだれだか知らないが、どうせなにをいっても聞かないだろう。さいわい、狙いははずれたものの、そうでなければ地獄で報告書を書くはめになるところだった。

「ばかめ！」と、どなる。不安で頭がおかしくなりそうだ。

その瞬間、ハイパーカムの制御装置が暗くなっているのに気づいた。スイッチは切っていないから、爆発でエンジンがだめになったときに損傷したのだろう。

「だれか聞こえるか？」と、ヘルメット・テレカムを作動させる。

「なんですって？」

だれかがインターコスモで応じたのを聞き、うれしくて涙が出そうになった。未知銀河にたったひとり、故障した救命カプセルで飛行したことがある者なら、故郷銀河の言語を思いがけず耳にしたときの気持ちがわかるはず。

残念ながら、相手はわたしがカプセルから話していることに気づいていないらしい。また命中弾を食らったら、救命カプセルの外被が裂けてしまう。エンジン部で鈍い爆発音が聞こえた。三日月に見える惑星のかすかな照りかえしの手前に、未知天体の地平線があるのを確認し、ジャンプする。

背後で救命カプセルの残骸が爆発。手ほどの大きさの光る物体がわたしを追いこしていく。あやうくヘルメットを砕かれそうになった。

「うっぷ！」そういって、飛翔装置のスイッチをいれ、ひとりごちた。「また運に恵まれたぞ、タッチャー！」

「あんなたわごとをいっている人間が、われわれの仲間なのか？」と、だれかがいっているのが聞こえる。

「地球生まれだろうよ」もうひとりの声がいった。

「名誉毀損だぞ！」と、わたしは反論。「わたしは男盛りになってから、はじめて地球にきたのだ」

「それじゃ、なぜ先史時代のテラのインディアンのように〝うっぷ〟といったのですか？」

「げっぷが出たのさ」いらいらしながら弁明する。「いったいどういうことだ！　わたしの救命カプセルを破壊したのはきみたちか？」

「げっぷとは！」と、インディアン呼ばわりした男の声。まるで、わたしが聖なるものを冒瀆《ぼうとく》したかのような口ぶりだ。

「しずかにしないか、カヴェル！」べつの声がいさめた。「われわれ、このシャルルマーニュに飛来した物体を狙ったのです。核弾頭を持つミサイルだと思ったので」

「ここがシャルルマーニュ？」わたしは当惑してたずねた。「あの下方にある惑星の衛星のことか？　チューシクの天体に、なぜフランス語の名前がついている？　蠟燭《ろうそく》すらともさないのは、どういうことなんだ？　きみたちを見つけるのに、どこに向かって飛翔したらいいかわからないじゃないか」

「蠟燭ですって？」どうやら、相手はその手の照明を知らないらしい。

「あなたはだれです？」カヴェルをたしなめていた人物の声がする。

「それはいえない」そういって、わが身の幸運を祝した。ロルヴィクと自分が秘密の任務をおびていることを、思いだしたのである。

「いえない？」と、おもしろがるように、「いまにも惑星に墜落しそうな天体の上空を、みすぼらしい飛翔装置で漂っているくせに、自分の名前をかくしたがるとは！　だが、わからないでもない！　われわれの墓にだって、だれも記念碑など建ててくれやしないだろうから」

死にかけている天体の上に、えらいひょうきん者がいるらしい！　やれやれ！　せめてだれかがヘルメット・ランプをつけて方向をしめしてくれればいいものを。

十分後、わたしは多孔質のグレィの岩石に降りたち、すぐに連中にとりかこまれた。宇宙服と装備と腕章から察するに、《ソル》の宙航士たちである。

背の高い男が歩みでた。ヘルメットの奥に細長い褐色の顔が見える。髪はもじゃもじゃのブロンドだ。

「名前をかくそうとした男というのはあなたですかな、ミスタ・ア・ハイヌ？」

「なんだって？」わたしは驚いていいかえした。

ようやく状況を把握し、憤慨して自分の腕章をしめす。

背が低く、そばかすだらけの青白い顔の男が近づいてきた。青い目で、赤毛を短く刈りこんでいる。わたしをまじまじと見て、

「aクラス火星人、いいですか？」と、いった。怒りにぎらついた目で、「あなたはげっぷをしただけじゃない、ミスタ・ア・ハイヌ！　インディアンのことを……」

「違うんだ！」わたしは反論する。「なぜ、そんな話になるのかな？　ソラナーは古いテラの物語など知らないはずだが」

「物語ではありません、歴史です！」そばかす男がいった。「遺憾ながら、北米のイン

ディアン部族とその歴史について知る者はすくない。だが、わたしはすべてをむさぼり読みました。なにしろ、このカヴェル・タバコ・ブラックフット、祖先にイロコイ族の族長がおりますので」

わたしはイロコイ族の族長の末裔《まつえい》を見て、唾をのみこんだ。族長の遺伝子は、インディアンでない男女があいだにはいったことによって、かなり薄まったらしい。だが、わたしは火星人だ。火星人はつねに礼儀正しい。aクラスともなれば、なおのこと。そこで、カヴェル・タバコ・ブラックフットの系図を疑っていることなどおくびにも出さず、こう応じた。

「インディアンと知りあいになれて光栄だ、ミスタ・ブラックフット！」

「うっぷ、うっぷ、うっぷ！」と、大よろこびのブラックフット。この表現を好んでいつも使っているらしい。通常の人間は何回も〝うっぷ〟などとはいわないものだ。インディアンの血を非常に誇りにしているらしく、涙まで浮かべている。

「いきなり風変わりな応対をしてしまいましたが、歓迎します、ミスタ・ア・ハイヌ！わたしの名前はフィンダー・ラパシュ。シャルルマーニュ偵察部隊の隊長です。あなたを攻撃した失礼をお許しください。もっと早めに名乗ってくだされればよかったのですが」

「砲撃をうけてようやく、だれかがいるとわかったものでね」と、わたし。

「運がよかったですね」だれかが混ぜかえした。

「われわれのことを、とんでもない皮肉屋だなどと思わないでください、ミスタ・ア・ハイヌ」と、フィンダー・ラパシュ。「確実な死が目前に迫っていることを考えれば、こうした言動も許されるでしょう。シャルルマーニュはまもなく、この下にある惑星に衝突するのです」

＊

「だが、《モントロン》できたんだろう？」わたしは反論した。「だれもきみたちを見殺しにはしないさ、フィンダー！　わたしのことはタッチャーと呼んでくれ。いいな？」

「わかりました、タッチャー！」と、フィンダー。「でも、《モントロン》はあてになりませんよ。牽引ビームで昆虫種族の惑星にひっぱられてしまったのでね。ガヴロ・ヤールは、惑星の知性体と相互理解を深めてわれわれを迎えにくるといっていましたが、気休めでしょう」

「じゃ、なにもせず、ただ死を待つわけか？」わたしはあきれてたずねた。

「それ以外になにができるので、タッチャー？」と、フィンダー・ラパシュ。

「知恵を絞れば、かんたんに死なずにすむかもしれないぞ。たとえば、シャルルマーニュが惑星の大気圏に突入する直前に飛翔装置でスタートし、しばらくしてから惑星にもどるのはどうだ」

「それはわれわれも考えました」と、フィンダー・ラパシュ。「でも、そうした対策に危険はつきもの。《モントロン》が迎えにくる望みがあるかぎり、危険を冒したくはありません」

それはわからないでもない。

かれらは《ソル》の着陸部隊の一員だが、惑星環境のシミュレーション訓練をしているとはいえ、地表を歩くのは、金魚が草原を散歩するくらい変なことなのだろう。

「ハイパーカムはあるか?」わたしはたずねた。

「二基あったのですが、シャルルマーニュの重力が急激に高まったさい、着陸艇もろとも破壊されてしまいました。不思議とわれわれは無事だったのですが」

「そのとき、上位次元の断続的なエネルギー流を測定しました」べつの宙航士が発言。

「だれかがわれわれを守ってくれたのかも」

「この男はずっと、そんな〝でたらめ〟をいっているんです!」ブラックフットがののしる。「われわれを助けられる者がいるとでも思っているのか?」

ダライモク・ロルヴィクのことをとっさに考えたが、黙っていた。アルビノはどこか近くにいるはず。かれが超能力を使えば、五十名の宙航士部隊を守ることもできなくはあるまい。

だが、そうだったとして、そのあともかれらを守らないのはなぜなのか？　シャルルマーニュが数日後に惑星の地表に激突するのはわかっているだろうに。

それとも、また眠りこけているのだろうか。ぐっすり寝ているロルヴィクを起こせるのは、このわたしだけなのだ。

突然、疑問がわいてくる。

「そもそも、なぜシャルルマーニュに着陸したんだ、フィンダー？」と、質問した。

「宇宙空間から探知士が、シャルルマーニュの地表に未知宇宙船らしい物体を発見したのです。ヒトデのようなかたちの」

「ほんとうにヒトデじゃないのか？」と、わたし。「場所はどこだ？」

「あれはヒトデなんかじゃありませんよ、タッチャー！」フィンダー・ラパシュの声が熱をおびる。「腕が五本ありました。どれも五メートルの長さで、金属のような光をはなっていまして」

「じゃ、ブローチかな？」悩んでいる相手にいってみたが、なぐさめにならなかったらしい。しばらく考える時間が必要だ。

期待したとおり、ソラナーたちはヒトデの話に興味を失った。わたしはシャルルマーニュの巡回飛行にスタート。宇宙に浮かぶ〝衛星の残骸〟のまわりを飛ぶのは奇妙な気分だ。ほんのすこしの推進力で、わたし自身がシャルルマーニュの衛星になった。

じっと惑星のようすを観察する。シャルルマーニュからは大陸と海洋の輪郭の一部が見えた。ほかに密な雲の塊りと、まばらな雲の帯がある。後者は大気中の強力な乱気流によりつくられたもの。それ以上は確認できない。

この惑星には半知性体の昆虫生物がいる。かれらは周回軌道の宇宙船をとらえて牽引ビームで着陸させるステーションの存在を、どう考えているのか。

基本的に両者は相《あ》いいれないはず。第三の文明が一枚かんでいるとなると、話はべつだが。

それに、ダライモク・ロルヴィクは？　なぜ、シャルルマーニュに手をさしのべないのか？

疑問は次々に浮かび、答えは見つからない。

と、なにかが目の前で膨張している気配を感じ、縮みあがった。えたいのしれない暗色の物体だ。数秒後、それはわたしの後方に姿を消す。

いったい、なんだったんだ？

振りかえって下を見ると、シャルルマーニュから埃が巻きあがっている。大小の石まで混じっていたが、すぐにおさまった。

直径百メートル、深さ二十メートルほどのクレーターが見える。実際にはもっと深いかもしれない。クレーターの底のように見えるのは、シャルルマーニュに衝突した隕石の表面だ。

からだがかっとなって、それからこんどは寒気《さむけ》がしてきた。

明らかに、シャルルマーニュは惑星をとりかこむ岩滓《がんさい》の輪のところまで近づいている。つまり、カタストロフィが当初の予想より早くはじまったということ。今後はつねに岩滓が衝突する危険を考えなければならない。

＊

ダライモク・ロルヴィクはもう一度、超能力を使おうとこころみたが、やはり失敗に終わった。

全力を使いはたし、超心理的に燃えつきてしまったのだ。経験からわかるのだが、この状態でたのみの綱は、魔法の護符かタッチャー・ア・ハイヌのみ。護符は《ソル》のどこかに置いてきてしまったが、タッチャーは近くにいるはずだ。

だが、火星人タッチャー・ア・ハイヌがいまどこにいるか、チベット人は知らなかった。通信シグナルには応答がないし、探知しようにも、超能力を使える状態ではない。最悪の事態も覚悟しなければ。タッチャーはシャルルマーニュの重力急変により、死んでしまったかもしれない。

「マックス?」ダライモク・ロルヴィクはささやいた。

「なんでしょう、ダライモク?」と、艇載ポジトロニクスが答える。

「きみをごまかしていた。タッチャーは秘密の任務で出かけたのではなく、わたしが追いだしたのだ。ひどい目にあわせてやろうと思ってね。だが、タッチャーを救命カプセルに乗せて送りこんだ、まさにその場所で、死の危険をともなう重力急変が起きた」

「本当ですか?」マックスがきいた。

「そうだ、マックス」ロルヴィクは認め、頸から汗をぬぐう。

「もしそうだとしたら、法規違反というだけでなく、人間としてのモラルにも反します!」と、マックス。

「わかっている」ダライモク・ロルヴィクはしょんぼりして、「すべてを過去に巻きもどせればいいのだが……」

「一度起こったことはもとにもどせません、ダライモク!」と、艇載ポジトロニクス。「償うことができるかどうか、よく考えてみないと」

「説教するな!」チベット人はわめき、こぶしで制御装置のカバーをたたいた。「それに、人の言葉をさえぎるな! わたしが主人で、おまえは家来なのだから」

反応がなかったので、たずねてみる。

「わかったか、マックス?」

それでも艇載ポジトロニクスは答えない。ダライモク・ロルヴィクはインパルス銃をぬき、それでポジトロニクスの制御装置をどんどんたたいた。

「やめてください、ダライモク！」ついにマックスがいう。

ロルヴィクは哄笑《こうしょう》し、

「わかったのだな、マックス？　こんどこそ理解しろよ！　おまえはポジトロニクスにすぎず、わたしは主人だ！」

怒りはそれが高まったときと同じように、たちまちひいていく。ダライモク・ロルヴィクは、ほとんど破壊された制御装置の前に数秒ほど立ちつくした。それから、インパルス銃を床に落とし、成型シートに身を投げて両手で顔をおおう。

左肩にだれかの手が置かれたのに気づいて、ぎょっとした。耳をつんざくような悲鳴をあげて跳びあがり、逃げられる唯一の方向……制御コンソールに向かう。成型シートの肘かけは丈が高く、前につきでているため、側面の退路が断たれていたから。

チベット人は逃げながら振りむいて、目をまるくした。成型シートの左わきに、羽根におおわれた生物が前かがみになって立っている。顔には平たい嘴《くちばし》と、黄色く光る〝フォグランプ〟がふたつ。右翼の〝肘〟の部分から、鉤爪のついた手が伸び、ついさっきまでロルヴィクの左肩があったあたりをさまよっている。

チベット人は死ぬほど驚いた。後悔に打ちひしがれているところに、突然こんなことが起きたのだから。それでも、ありとあらゆる状況や生物に関するこれまでの豊かな経験が役にたち、ふたたびまともに考えられるようになる。

深呼吸してから、質問した。

「わたしのいっていることがわかるか？」

上のほうがまるくアーチを描いている大きな嘴が動いて、

「よくわかるよ、ダライモク・ロルヴィク。もし、わたしを名前で呼びたいなら……ブラボックとでも呼んでくれ」

「ブラボック！」ロルヴィクは反復した。もう一度おちついて相手をよく観察する。自分と同じくらいの背丈で、力がありそうだ。衣服はつけず、羽根の生えた脚二本で立っている。鉤爪は信じられないほど大きく、しっかりしていた。「どうやら、幻覚を見ているのではなさそうだな。どうやってこの縦にきたんだ？」

ブラボックの眼光が鋭くなる。投光器のようなまぶしさだ。奇妙ながらがら声で歌いはじめた。

「思考が壁を
通りぬけるように
ライヘンは漂う

「さっぱりわからんが、なかなかおもしろいな！」チベット人はそういって腕組みをすると、「もうすこしましなトリックを考えられないのか、タッチャー！」

ブラボックは翼を持ちあげ、前につきだした。鉤爪のついた右手が瞬時にロルヴィクの右上腕をつかむ。鉤爪はたちまち肉と骨を貫通した。

ダライモク・ロルヴィクが反応するより早く、羽根生物は鉤爪のついた手をひっこめた。前方に高々と伸ばした翼だけが、豪華な錦のカーテンのように空中に揺れている。

マルティミュータントの唇は痛みのあまり白くなったが、それでもおちついていた。

「なかなかだ。タッチャーなら、こうはいかない」そういって、右足を振りあげる。だが、命中しなかった。ブラボックが移動したため、あと数ミリメートルの差で蹴りがはいらなかったのだ。

ロルヴィクはようやくバランスをたもってから、

「一点先取したな、フクロウめ！　なにが目的だ？」

「助けが必要なんじゃないか、ダライモク」ブラボックがいいあてた。「たぶん、力になれるだろう。だがその前に、おたがいの利害関係を調整しないと」

「どれだけ助けてもらいたいことか！」ダライモク・ロルヴィクは正直に告白する。

「そっちの出す条件がのめるものなら、合意の準備はある。さ、はじめようじゃないか」

「だが、驚かないでくれよ、ダライモク！」奇妙な生物はそう警告してから、不気味な詩を暗誦しはじめた……

2

「こちらガヴロ・ヤール！」と、艦内放送のスピーカーから声がした。「すでに知ってのとおり、《モントロン》は牽引ビームにより昆虫の惑星に誘導された。おそらく、密生した原生林の向こうにある、黄土色の丘に降りたつことになるだろう。

通常なら着陸場の周囲の環境をくわしく調査する時間をとるが、今回は違う。シャルルマーニュが遅くとも一日半後には、惑星のどこかに衝突するのだ……なのに、偵察部隊のコマンドたちは動くことができない。だが、友らを助けられるのはわれわれだけだ。この宇宙船を完全にコントロールできればの話だが。

そこで、これから出す指示にしたがってもらいたい！　ラーネルト、クランブラー、マーウェイン、ククロウのグループは、着陸したらすぐに飛翔戦車で宇宙船を出て、牽引ビーム・プロジェクターがある場所をはさみうちしてくれ。くわしい指示は直接、グループの責任者に出す。

ファイ＝ティエング、キノン、トラク＝ゴレロン、マイアー、ジュキシュのグループは、割りあてられたスペース＝ジェットに乗り組んでスタートし、作戦地域の上空を旋回しろ。

わたしは飛翔戦車に同行するネフツェル、ヘインツェ、スワノンのグループとともに、プロジェクターがあると思われる場所に直接おもむき、平和的交渉をこころみる。それに失敗したり、わたしが攻撃されたりしたら、スペース＝ジェットは標的に五分間のビーム砲攻撃をしかけるのだ。その後、最初の二グループは、わたしが指揮をとるグループを援護して移動弾幕射撃をおこなう。

いいか、ことは急を要するぞ。偵察コマンドだけでなく、ペリー・ローダンを救助するためにも、なんらかの手を打たなくてはならない。昆虫たちに小惑星の墜落を警告し、計算が出たらすぐに衝突予定地点から避難させることも任務の一部だ。幸運を祈る！

以上！」

ガヴロ・ヤールは艦内放送のスイッチを切ると、作戦用のコンビネーションを閉じ、すべての装備を点検した。

「調子はどう？」ヒーラ・クーセン＝レングテンがインターカムでたずねる。

ヤールは探知技術者の映像をじっと見て、

「胃の調子がよくないが、あとはまあまあだ」

「いいか！」ドゥネマン・ハルクラスが声をかけた。「まもなく着陸だぞ！」

ガヴロ・ヤールは全周スクリーンを一瞥《いちべつ》してから、球型艦のななめ下にある無数の黄土色の丘を見た。植物はまったく生えていない。だが、その南には密生したジャングルがある。

降下してわかったのだが、驚くべきことに、ジャングルの向こうは技巧を凝《こ》らした巨大都市だ。この惑星を支配する昆虫生命体の群れが住んでいるにちがいない。

「ネフツェル、ヘインツェ、スワノンのグループを指揮するんじゃなかったか？」アール・シモンがからかうような口調でいう。「かれらがここにくるか、きみがあっちに行かなければならないのだぞ」

「この種の軍事行動に慣れていないものでね！」と、ガヴロ・ヤールはいきりたった。

あわてて耐圧ヘルメットを閉じ、ヴァイザーを開けてヘルメット通信のスイッチをいれると、急行搬送パイプに向かった。これを使うと、緊急動員時にはすべての格納庫と人員用エアロックに二十秒以内で出ることができる。

三部隊が待つ人員用エアロックへ行くためのスイッチを押し、搬送フィールドが展開されると想定して両腕を伸ばした。だが、なにも起きない。

「それは作動しないんだ、ガヴロ！」ヘルメット・テレカムから声がした。リバン・ヌトロだ。「急行パイプも主ポジトロニクスで制御されているからな。主ポジトロニクスは故障している」

ヤールは悪態をついた。艦全体の急行パイプが機能しないとなると、要員の緊急動員にかなりの遅れが出る。そうなれば奇襲計画がだいなしで、戦略上の可能性もかぎられてしまうではないか。

パイプから這いでて、装甲ハッチに急ぎ、司令室を出た。搬送ベルトと主リフトを使っておりるしかない。

下につく前に、ドゥネマン・ハルクラスが艦内放送で《モントロン》の着陸を告げた。

＊

ネフツェル、ヘインツェ、スワノンのグループが全員ようやく集まったとき、ガヴロ・ヤールは気が動転して汗びっしょりだった。男たち三十名の進軍を援護射撃する飛翔戦車四両は、すでに十五分前から外で待っている。

「前進！」ガヴロはそういって、エアロックから跳びおりた。分子破壊銃を神経質にいじりまわす。強そうな印象をあたえるため、必要以上に大きな武器を選んだのだが、いまはそれがじゃまになっていた。あまりにも長さがありすぎて、飛翔装置のスイッチに手がとどきにくい。

ぎりぎりのタイミングで飛翔装置を作動させることができた。ブーツのかかとが乾いた黄土色の粘土にこすれ、二本の細長い埃の雲が生じる。

「やれやれ！」と、ヤール。

左右には、自分がひきいる三グループの陸戦コマンドがいる。どれほど大きな責任がおのれの双肩にかかっているか、ようやくわかってきた。分子破壊銃を選んだのが災いして、思ったより高度をあげられない。それでも〝部下〟たちはリーダーのヤールについてくる。そのうちのひとりが制御に失敗した。数回ほど宙がえりして、ついに斜面を転げおちてしまったのである。

ガヴロ・ヤールは部下ふたりを救出に送りだす。すぐに連絡がはいり、〝転落者〟が打撲傷を負うことなく無事だと知って安心した。軍事行動のリーダーとしてまったく適性を欠いていることを思い知らされる。それでも、軍事作戦を外交的な方向に持っていくため、任務をひきうけたのだ。

飛翔戦車もすでにスタートし、地上すれすれの位置を音もなく進んでいる。そのうしろには陸戦コマンドたち。ガヴロ・ヤールの命令で、数分後に個体バリアのスイッチをいれた。

「キノンからガヴロへ！」ヤールのヘルメット・テレカムに声がする。「牽引ビーム・プロジェクターの場所を確認した。探知専門家のベラ・チベルによれば、プシ強化パラトロン・エネルギーでできた鐘状バリアの下にあるようだ。どうしようか？　ビーム砲はバリアに跳ねかえされてしまう。使えるのはトランスフォーム砲だけだが」

「ちょっと待ってくれ！」と、ガヴロ・ヤール。

すでに自分の処理能力の限界にきている。敵を攻撃できないとは予測してなかった。トランスフォーム砲を使用すれば潰滅的な被害が出る。居住惑星で許される行為ではない。つまり、プロジェクター・ステーションに対して手も足も出ないということ。

「攻撃はしない！」と、決定する。「それ以外は計画どおりだ！　プロジェクター・ステーションを包囲したら、わたしがひとりで武装せずに交渉をこころみる」

「それは危険だ、ガヴロ！」キノンが反対した。かれは火星生まれの血をひいている。

「ほかに選択肢がない」と、ガヴロ。

われわれの倫理観を貫こうとするなら！　と、心のなかでつけくわえる。

黄土色の高い丘が開け、楕円形の大きな谷が見えてきた。長さ十五キロメートル、幅八キロメートルほど。中央にある窪みには、鋼のように光る直径五メートルの球体が見える。表面に無数のちいさな開口部があり、そこから明るいグリーンのクリスタルがつきでていた。

球体はほのかな光につつまれている。

「とまれ！」ガヴロ・ヤールが命令。

飛翔戦車が急停止する。陸戦コマンドたちは数メートルほど進んでから、ようやく着地した。

右側からスペース＝ジェットが一機接近。谷底ぎりぎりまで降下し、球体のすぐ上をかすめるように飛んでいく。黄色いもうもうたる土埃が立ちのぼった。だが、光に接触すると、埃は跡形もなく消えてしまう。

「どういうことだ？」ガヴロ・ヤールは怒って、「だれがこんな挑発行為を？」

「わたしだ、タクリシュ・マイアーだ！」と、答えがあった。「異人たちがどう反応するか知りたくて、わざと挑発してみた」

「反応はない」と、ヤール。「だが、スペース＝ジェットが破壊される危険があったぞ。これからは勝手な行動はいっさい禁じる！　例外なしに！」

谷の反対側からラーネルト、クランブラー、マーウェイン、ククロウのグループの飛翔戦車が接近してくると、ガヴロ・ヤールはかれらにも停止を命令。

つづいて、こう指示した。

「わたしはこれからプロジェクター・ステーションに向かう。なにかあったら、スタニア・ファイ＝ティエングが指揮するように。スタニア、暴力はできるだけ使うな。だが、きみが指揮権を握ったら、その後の行動の決定権はすべてきみにある」

「あなたになにかあったら、どうしていいかわからないわ」陸戦コマンドのスタニアがいった。

「だからこそ、きみを後継者に指名したんだ」と、ガヴロ・ヤール。「いまの段階でどうしていいかわかるようなら、その任にふさわしくない」

「無事を祈るわ、ガヴロ！」スタニア・ファイ＝ティエングがいった。

「ありがとう！」と、応じる。

個体バリアを切り、出発。ちらちら光るバリアの下にある鋼製らしき球体へとまっすぐに向かった。

＊

ドラニアは北の地の静寂と孤独にひたっておちつきをとりもどそうと、暗黒の地の上空を飛んでいた。ウルテンの目はもう光っていない。

ドラニアはシャク＝ゴル＝タリフからもどるところ。女王トーナメントでブルイルダナの代理戦士と戦ったのだ。とはいえ、統治女王と同じく、自分で戦うことはほとんどない。それには理由があった。

アンスク人の若い女王たちは、だれもが大なり小なり女王のオーラをそなえている。もし、突然にアンスク人全体の女王という立場になった場合、あらゆる努力をはらってオーラを強化しなければならない。自分の氏族ばかりでなく、ダトミル＝ウルガンの全アンスク人を、できるだけ早くとりこむために。

なかには戴冠以前から豊かなオーラを発する若い女王もいた。そのオーラを用いれば、全アンスク人をいわゆる〝完全就床〟の状態に置くことができるのだ。この状態にはいると、どの氏族の個体も、安全に庇護されていると感じるようになる。

とはいえ、若い女王がオーラを用いることはできない。完全就床は本来、各個体にとって一度だけの経験でなければならないからだ。オーラをおさえるには強い意志力が必要である。才能豊かな若い女王は、当然のごとく統治女王に戦いを挑む。そのさい、自分が傷ついたり死んだりしないように、代理戦士を使うのである。この代理にオーラを送りこみ、統治女王の代理戦士と戦わせるのだ。

こうしたトーナメントは、非常に卓越した若い女王を発掘するためにある。ダトミル＝ウルガンでなにか事故に巻きこまれて不慮の死をとげる前に、その貴重な遺伝子を後代にのこすためだ。

だが、ドラニアの代理戦士は負けてしまった。敗北のきっかけは、一時的に集中力を欠いてしまったため。なにが原因だったのか、あれこれ思いめぐらす。

じつは、対戦相手の統治女王も同じような状態だったが、女王のオーラを長く使いこなしてきた経験を生かして難局を乗りきったのである。

ドラニアはなにかの影響を感じた。就床インパルスのリフレクションらしいが、奇妙にゆがめられている。完全就床にくわわらず、おのれの目標を追求しているアンスク人が、どこかにいるようだ。

密生した藪の下にかくれている北の沼を帯状複眼で観察した。一帯の陰鬱な光景が、オーロラのカーテンの光でときどき明るくなる。奇妙なかたちをした〝光る木〟の枝が赤々と輝いていた。

はるか前方に、湿原のもやから〝死せる巨人の青白い骸骨〟があらわれる。菌類におおわれた蔓植物のあいだを、鬼火の〝細胞の群れ〟がさっと通りすぎた。沼からこもった咳のような音がして、静寂を破る。と、頭上に野生アンスク人の群れがあらわれた。

無数の羽が挑むようにはばたく。ドラニアは沼へとっさに逃げたくなるのをこらえた。本能に抵抗する能力がない労働者や戦士や養育係の女たちなら、とっくに逃げだしていただろう。だが、若い女王は自分の本能的反応をブロックすることにかろうじて成功した。

マイセリーデンの霧の糸が、がっかりしたように空中を漂っている。手にはいると思った生《い》け贄《にえ》が視界から消えてしまったからだ。槍のように尖った灌木の藪が振動し、前腕の長さの棘《とげ》を、一匹の飛翔動物につきさす。飛翔動物は花粉に目をふさがれ、なすすべもなく、光る木の枝のあいだを飛びまわるのみ。やがて甲高い鳴き声をあげ、最後の抵抗をこころみたが、ついに翼が力を失った。棘のある灌木が、よろよろともどってきた飛翔動物を手にいれようとする。だが、その前に細胞の群れが接近して、生け贄をつつみこんでしまった。消化できない蛋白質だけが最後にのこる。

ドラニアはどうせなら抗戦して死のうと決心した。それが未来の女王にふさわしい。それでも、野生アンスク人の棘やはさみは恐ろしいもの。かれらは文明化した同族とは似ても似つかない。群れを形成して住み、やはり女王の統治のもとにあるが、非常に好戦的だ。中央の熱帯ゾーンを避けて暮らしている。

若い女王は野生アンスク人たちの頭部にある帯状複眼をじっと見た。すると、相手は急にとまり、しばらく浮遊していたが、次の瞬間、パニックにおちいったように急旋回して去っていくではないか。

強力な女王のオーラが相手をしりぞけたのだと理解するまでに、時間がかかった。つまり、自分のオーラは統治女王のオーラにひけをとらないのである。

ふたたびドラニアは〝死せる巨人の青白い骸骨〟に向かった。かつては海洋の断崖だった絶壁に大きな空洞があるのを知っている。そこにかくれて、心の葛藤を解決する方法が見つかるのか、それとも死んだほうがいいのか、ゆっくり考えるとしよう。

3

ソラナー五十名が立つ多孔質の岩石に、音もなく指の太さほどの亀裂がはしり、それがたちまち一メートルの割れ目になった。

宙航士たちとわたしは振動のためにひっくりかえったが、岩石はまだ動いている。立ちあがろうにも、まっすぐの姿勢がたもてない。それでも、すぐに慣れた。想像力を駆使し、チンパンジーになったつもりで動くことにしたのである。

だが、おもしろがっているひまはない。だれひとり笑わなかったのは当然だ。ヘルメット・テレカムからは、罵倒の声に混じり、助けをもとめる悲鳴も聞こえる。

aクラス火星人はもともと親切なので、わたしは飛翔装置の反重力プロジェクターを作動させ、正しい姿勢にもどると、さっそく精力的に救助活動を開始した。

高度二十メートルのあたりで、血が凍りつくような光景を目撃。《ソル》生まれふたりが割れ目近くの地面に這いつくばり、深淵に落ちかかった男をつかまえている。正確にいうと、転落しそうな男の両脚をつかんでいるのはひとりだ。だがこのソラナーも、もうひとりの宙航士に両脚を支えられなかったら、とうに深淵にのみこまれていただろう。

状況は絶望的だ。上のふたりが深淵に落ちかかっている男をはなせば、なんとかなるだろうが、仲間をみすみす見殺しにする宙航士などいるはずがない！

ただ疑問だったのは、三人とも飛翔装置を使うのを忘れているらしいことだ。

わたしの提案に対して、いらだった男たちから聞くにたえない返事が返ってきた。だがいずれにしても、上のふたりは片手をはなしたら重みをこらえることができない。それに、転落しそうな男は意識を失っている。

「がんばれよ！」と、わたしはいった。「タッチャーがいま助けてやるから！」

こんどの返事も上品ではなかったが、それでもたよりにしているらしい。じつは、わたしもどうしたらいいか、とほうにくれていたのだが。自分の飛翔装置の推進力だけで三名全員を吊りあげようとしても、うまくいかないだろう。四名とも深淵の底に落ち、割れ目がまた閉じてしまうおそれもある。

そうこうするうち、わたし自身、三回も地面に沈み、また地面を蹴って飛翔するはめになった。ほかの宙航士たちも同じ状態だ。だからこそ、考案した救出方法を説明したとき、かれらはそれなりに理解してくれたのである。

わたしの細かい指示に対する《ソル》生まれたちの反応は期待以上だった。思うに、陸戦コマンドたちは手作業に関しても、職人顔負けの訓練をうけているのだろう。ものの十分間で、ソラナーたちはさまざまな装備品を総動員してフレームをつくった。ここに飛翔装置三基をならべて固定し、中央スイッチに接続したのである。

まんなかのわたしの飛翔装置が〝救出装置〟の役をはたす。準備がすべてととのうのを待ち、わたしはフレームの支持ベルトを装着してスタートした。

三基を同期化するのにやや苦労したが、そこは老練な実務家のわたし。補正のこつをつかむのにかかった時間は三分だった。宙航士三名をむだに危険にさらすわけにはいかないから、吊りあげ作業を開始したのはそのあとだ。

失神している宙航士に接近するため、深淵を垂直に降下しようとしたそのとき、突然シャルルマーニュがまた揺れはじめた。われわれが立っている小惑星を直撃した八番めの巨大隕石ということになる。

地面に立っていた《ソル》生まれたちは、あちこちに吹っとんだ。割れ目がはげしく左右に動く。この瞬間に深淵のなかにいたら、きっと気が狂ってしまっただろう。

数秒後、わたしは本当に気が狂いそうになった。

まだつづいている振動で、ふたりめの宙航士がずるずると滑りおちていく。あと二分もすれば、最初の男と同様、割れ目にすっかりはいってしまうだろう。三番めの宙航士も、なすすべもなくそれにつづくのは明らかだ。

わたしは直感的に、割れ目のなかで振動のリズムにあわせて飛ぶことにした。小惑星の振動は、ちいさい岩がぶつかってそれまでの軌道がぶれるために発生するので、それにあわせて飛翔することも、経験豊かな宙航士ならできないではない。生まれ持った運動神経が必要だが。

それでも、フレームの外側が割れ目の縁にひっかかり、数秒のあいだ、頭がひきちぎれるかと思った。

衝撃で涙が出る。そのとき、気を失った宙航士がヘルメット・ランプの光に照らしだされた。割れ目の切りたった内壁の前でぶらぶら動いている。飛翔装置が下にずれおち、振動のたびに耐圧ヘルメットにぶつかっている状態だ。かれのベルトを両手でしっかりとつかむ。

数秒間はそのまま動けなかった。片手で自分の飛翔装置を操作できないから。振動によって振り子運動が生じ、男をはなさないでいるのがやっとだった。

そのときである。割れ目がせまくなってきたような気がした。カヴェル・タバコ・ブラックフットの指摘で、不吉な予感が確信となる。

深呼吸し、失神した男を右手だけで保持。息を荒らげ、こめかみの血管をぴくぴくさせながら、左手を〝救出装置〟の中央スイッチに伸ばす。右手の感覚がなくなる前に、エンジン三つの出力をあげることに成功した。

大きな衝撃がはしる。左手でもベルトをつかんだので、割れ目の縁を通過したときには男をしっかり支えることができた。目の前で火花が散る。

ほかの宙航士ふたりもいっしょにひきあげられた。しっかりつながっている。だが、それも長くはつづかないだろう。友が助かったのを見たら、急に力が萎えてしまうかもしれない。

比較的安全なところに着地し、たくさんの宙航士が駆けつけるのを確認してから、わたしは飛翔装置のスイッチを切って倒れこんだ。

くたくたになって目を閉じ、《ソル》生まれたちの感謝や祝福の言葉を聞く。なんだか、おもはゆい。わたしはなにかしただろうか？　三名の命を数時間ぶん、ひきのばしただけじゃないか。

そもそも、災いを回避する方法があるのだろうか？

たぶん、ないだろう。だがなんとなく、事態は思ったほど悪くないという気がしてきた。最終的に、ぜんぶうまくいくのではないだろうか。

なんとも奇妙なのだが、この楽観主義は〝外〟からわたしのなかにやってきたものらしい。安心感がひろがっていく。

＊

ダライモク・ロルヴィクはブラボックの話を聞いても驚かなかった。自分自身も、秘密の魔力といわれるものを多少は持っているからである。とっくに忘れていて、現在あるのはその残余にすぎないのだが。

それでも技術文明の申し子として、ブラボックの話の一部だけでも理解しようと努力した。ブラボックのほうは、大宇宙の技術文明のぼんやりとした輪郭しか理解できなかったようだが。思考と感覚がロルヴィクと異なるばかりでなく、価値観そのものが違うのだから。

ただしひとつの例外があった。

チベット人は思ったもの。赤い糸が魔術の時代から技術の時代まで通じているのは、まさに不思議だが、なんと心のなぐさめになることか。大宇宙の創造力が生んだすばらしい作品に感嘆し、あらゆる生命を尊重するという基本的な態度を、二名は共有していたのである。

そうでなければ、考えられないではないか。タッチャー・ア・ハイヌと、墜落しかけている小惑星の上にいる宙航士五十名と、昆虫惑星にいるソラナー二百五十名を、まったく異質の生命体が助けようとするなんて。

それがほんとうに助けとなるのかどうかは、べつの問題だが。

ふたたび疑問が湧いてきた。自分がブラボックに全幅《ぜんぷく》の信頼をよせるとして、それで羽根生物の努力を本当に生かせるだろうか？　それとも、自分は決定的瞬間に迷い、すべてをだめにするのではあるまいか？

ため息をつきながら目をあげ、辛抱強く立って待っているブラボックの顔を見た。なぜ、この生物を不気味だと感じないのか？　ふつうの人間なら恐怖を感じるだろう。宇宙空間の相対的真空に存在するスペース＝ジェットの艇内にどうやって侵入したのか、それだけを考えてもぞっとする。

「決心したか、ダライモク？」と、ブラボック。

ロルヴィクはぞくりとして全身に鳥肌が立つのを感じた。人間的な感情が、サイノスの父からうけついだ素質をうわまわったのか……と、皮肉に考える。

なんとか思考回路をもとにもどし、ブラボックの質問に答えようとつとめた。自分でコントロールできない力にたよるのは、さすがにはばかられる。その力は、どのように謎めいた現実のなかへ自分を送りこもうとしているのか。おのれが生きる時代の現実とべつに存在する、謎の現実とは？

「極端に異なるふたつの現実が併存するというのが、どうもわからん」ロルヴィクはつぶやいた。

「併存ではない。むしろ共存であり、入れ子状であり、いりまじっているのだ」と、不気味な羽根生物。また両目が強力なヘッドライトのように光っている。「すべてはひとつ。だが、あなたはなにも見ていない。わたしもなにも見ていない。だが、それも存在の意味というもの」

「われわれ、おたがいの考えていることがまったく理解できないようだな」と、チベット人。額を冷たい汗が伝う。不安になったのだ。「超能力を使えない状態で、ダトミル＝ウルガンと呼ばれるこの惑星に送りこまれると考えると……」

「あなたはわたしを理解していない、ダライモク」と、ブラボック。「わたしはあなたの言語を使えず、いかなる思考も伝えられないが、それでもあなたはわたしの言葉を自分の言語で聞いている。それと同じだ。あなたは冶金技術の成果である製品を使って、ダトミル＝ウルガンに着陸するだろう。きっとそうなる。なぜ抵抗するのだ？」

「きっとそうなるかもしれないが、そうならないかもしれないからだ」ダライモク・ロルヴィクは苦しげにいった。

「ぐずぐずしていると、時間が逃げていくぞ！」と、ブラボックが警告。

ロルヴィクは無理に気持ちを奮いたたせ、

「わかった！」と、低い声でいう。

「この同盟は今後、すべての世界で効力を発揮するだろう！」

ブラボックはそういうと、よたよたした足どりで近づき、翼をひろげて、ダライモク・ロルヴィクの肩にかけた。

チベット人は目をふさがれてなにも見えない。ブラボックに押しつぶされそうになる。だが、その感覚はすぐに消えた。

ふたたび視界が開けると、もう謎の生物は影もかたちもなかったのである。

＊

ガヴロ・ヤールは光る鋼製球体の百メートル手前で着地し、飛翔装置をとめた。ヘルメットをかぶった顔から汗がしたたる。ヘルメット開口部から流れこむ熱気のせいばかりではない。不安に駆られていたのだ。

死が間近に迫っているという事実は、ヤールのような年齢の人間には耐えがたい。さらに悪いことには、《ソル》ではなく惑星で死を迎えなければならないかもしれないのだ。

ガヴロ・ヤールは目を閉じた。

かすかな歌が聞こえてくる気がする。風で押し流され、砂紋を描きながら反対側にゆっくり落ちていく砂のようだ。歌はやがてざわざわという音、ぴちゃぴちゃという音に変化。鳥たちの声がそれにくわわる……

ガヴロ・ヤールはぎょっとしてまた目を開けた。

黄土色の丘にかこまれた楕円形の谷しか見えないとわかり、ほっとする。百メートル先には相いかわらず金属性の光をはなつ球体があった。数キロメートルはなれた後方で、ラーネルト、クランブラー、マーウェイン、ククロウの部隊の飛翔戦車が地面すれすれを浮遊している。かれらのことが意識から完全に消えていたのを自覚し、ヤールは驚いた。しかも、親しい仲間という気持ちがなくなっている。なにか自分とはべつの世界のことのようだ。

この惑星でなにが待ちうけているのか？　ぞっとしながら自問する。

ゆっくりと入口に近づいた。向こうではトクサが風に揺れている。背景は黒い山脈、その向こうはチャム＝バルの地だ……

＊

ダライモク・ロルヴィクはスペース＝ジェットでダトミル＝ウルガンの大気圏に向かっていた。

惑星はほとんど雲のヴェールにおおわれている。ひときわ大きい塔のような雲は、成層圏をつきさすように、六十キロメートルもの高さがあった。その雲の下では、ひっきりなしに稲妻がはしっている。雲の層が薄いのは極地のみ。だが、北の地に接近しても、ぼんやりとした明暗の地帯が見えるにすぎない。

ブラボックはこういったもの……

〝死せる巨人の国で、チャム＝バルの女王につづく道を見つけられるだろう。信じさえすれば！〟と。

とはいえ、なにを信じればいいのか？

ここまで考えて、ロルヴィクは驚愕の叫びをあげた。惑星が見えなくなったのだ。

「助けてくれ、ブラボック！」

だが、数秒間だけ視界がさえぎられたのだと気づき、ほっとする。ダトミル＝ウルガンの位置が微妙にずれていた。外側マイクは、宇宙船の外被を希薄な空気がかすめる笛のような音をひろっている。

艇載ポジトロニクスのコントロール・パネルをすばやく見た。いま、マックスはなにか考えているだろうか。考えているとしたら、なにを？　だが、それを知ることはできない。ブラボックの忠告にしたがい、コミュニケーション・セクターを非作動に切りかえたからだ。コミュニケーション・セクターだけではない。《バタフライ》には、特殊な状況下で操縦士の了解なしにコントロールを代行する機能があるのだが、その回路も切ってしまった。

「《バタフライ》か！」ロルヴィクは考えを口に出していった。「《ワルプルギス》のほうが似あっているかもしれん。だが、名前の変更をセネカにどう説明したものかな？」

セネカ？　たしかにその単語が意味を持っていたときもあったが、いまは違う。

空気が濃くなってきた。分子がスペース＝ジェットの外被と摩擦して生じる音に、甲高い音ばかりでなく、どよめきのような大きな音が混じる。だが、バリアのスイッチはいれなかった。

高い雲の塔三本を旋回し、明るいグレイの薄い雲のあいだをぬけて、北へ向かう。赤みがかったゴールドの恒星が視界から消えたときには、大洋の荒ぶる波の上を通過していた。

北の地は冬を迎えている。夏にくらべると、恒星は長時間にわたって地平線に沈んだままだ。だが、けっして真っ暗になることはない。オーロラの色鮮やかな光のカーテンが、夕暮れでも明るく照らすからだ。強烈な夏の光線から回復した土地は、夏の子供たちを排除しようとしているが、そうはいかない。無数の不思議な生命形態に、さらに不思議な現象がくわわるのが冬のつねなのだから……

半サイノスは高熱に浮かされたように震えはじめた。自分もこの大波にのまれるかもしれない。

それでもこらえ、集中力を切らさずに恐ろしい波を観察する。波は岸に近づくにつれてさらに高くなり、岩にぶつかって砕けた。

この荒波に耐えるような海洋船はテラにもない。潮の干満による海面の荒々しい変動が、ダトミル＝ウルガンにおける海運の発展をはばんでいるのだろう。惑星を周回する小惑星の影響も見おとせない。

岩壁の海岸は内陸に向かって数キロメートルつづいていた。はげしい波に浸食されているが、かつては高さ二百メートルの絶壁だっただろうと想像される。いまも波のあいだに見えかくれする岩礁は八十メートルもの高さがあるから。

外側マイクから耳をつんざくような轟音が聞こえた。大波が崖にぶつかる音だ。崖は波の浸食作用でまるくえぐられている。

切りたった断崖がつづく海岸の上空をスペース＝ジェットで飛行していたロルヴィクは、岩壁の上で無秩序にうごめく生命体に目を奪われた。ありとあらゆる植物が前倒しになっている。ほかの植物のかげにかくれて、夏のつよい日ざしを避けようとしたのだろう。どれも同じとみえ、大量の植物がほぼ五メートルの厚さに折りかさなり、波のようにうねっている。そのあいだから、遺伝子の変化によってきびしい夏の光線に順応した草木がすっくと伸びていた。

デテクターが計測した放射能は地球平均値の三倍だ。地球の放射能でさえ、故郷銀河の惑星の平均値をはるかにうわまわるというのに。

風変わりなかたちの光る木を見つけた。〝死せる巨人の国〟はそれほど遠くない。スペース＝ジェットは沼地をかすめるように飛行する。そこのもやから、鬼火の細胞集合体がぼんやりと立ちのぼった。棘のある蔓植物が、青白い菌類でおおわれた枝をつきだす。毒を持つ飛翔動物が旋回し、暗視能力のある目で発見した獲物をめざして急降下していった。

《バタフライ》の外被にかたいものが衝突する音を、外側マイクが何度も伝える。ダライモク・ロルヴィクはびくりとなった。前腕ほどの長さがあるサカキの棘だとわかり、苦笑する。スペース＝ジェットのインケロニウム＝テルコニット合金はびくともしないはず。だが、艇を出るときは気をつけなければなるまい。

オーロラの光のカーテンの下に〝死せる巨人の青白い骸骨〟が見える。ロルヴィクは加速。十分後には断崖がつづく地帯に到着し、一度周回してから着陸態勢にはいった。

スペース＝ジェットが着陸したのは、とある断崖の大きな皿状の窪みである。浸食作用でできたものだ。不審者が侵入しないように規定どおり宇宙船をロックすると、戦闘服をつけ、武器を確認してから《バタフライ》を出る。

まわりを見まわすこともせず、ロルヴィクは断崖をよじのぼり、けもの道を見つけて先を急いだ。

4

女王のオーラはフィードバック・メカニズムとしても機能する。そうでなければ、ブルイルダナはダトミル＝ウルガンで起こっていることすべてを掌握できないだろう。惑星の全アンスク人を統制し調整する支配者なのだから、あらゆる情報を知っていなければならない。アンスク人という名の有機集合体から、的確な反応をただちにひきだすために。

だから女王は、狩猟採集者の女たち数名が《モントロン》を目撃した時点で、すでに〝まるい家〟の着陸を知っていた。

ブルイルダナはただちにアンスク人戦士の百人隊を、〝まるい家〟の着陸場所に斥候として送りこんだもの。未知の物体がアンスク人にとって危険なのかどうか、きちんと監視する必要があったからである。

アンスク人種族の神経制御をつかさどる場所……すなわちブルイルダナの脳には、不思議な未知物体のイメージがすでにできあがっていた。どこかからシャク＝ゴル＝タリフ近傍にやってきた〝まるい家〟は、住居塔を五つあわせた高さで、中央に隆起した円環があり、大きな金属面を持つ無数の脚がある。

女王はダトミル＝ウルガンに〝まるい家〟が着陸したわけを考えた。大昔にアンスク人の一氏族を拉致《らち》したという伝説の神々のように、遠くからきたのかもしれない。そのとき、〝まるい家〟の下半球にあるゲートが開いた。

開口部から、奇妙な大きい生物が浮遊してくる。その鎧はキチン質ではなく、金属でできているらしい。重いからだを飛翔させるには、翼はどう考えてもちいさすぎる。それでも、見たところは楽々と空中を浮遊していた。脚はないが、昆虫のキチン・セグメントを思いおこさせるなにかを使い、這うように前進している。

その大きな飛翔生物のうしろに、もっとちいさくもっと奇妙な生物がいた。いままでこんなものは見たことがない。とくに奇妙なのは、この生物がまったく翼を持たないのに飛翔している点だ。

かれらは四肢を持つ。上半身の二本はアンスク人の四本腕と同じような機能をはたしているらしいが、とくに強そうには見えなかった。両脚はアンスク人の脚とくらべると非常に短い。

このちいさな飛翔生物は大きな生物の家来らしい。いつもうしろにいるからだ。飛翔生物がこれほど低空を飛行するのは、ブルイルダナの理解をこえている。

次の瞬間、気づいた。すべての異生物が低空飛行しているわけではない。丸々とした腹部と背中を持つ円盤状の五体が、〝まるい家〟の上半球にある五つのゲートから出てきて急上昇し、視界から消えたのである。

ほかの生物はふたつのグループに分かれ、あらぬ方向に移動を開始。だが、ブルイルダナにはだんだんわかってきた。かれらは〝神託の谷〟のふたつの入口に向かっている。

女王は動揺した。その動揺がダトミル＝ウルガンじゅうのアンスク人に伝染していく。非番の兵士カーストが町の中央広場に集結した。平時の二倍の兵士を育てるべく、養育係は幼虫にあたえる餌の量を変更。ブルイルダナはいつもよりたくさんの卵を産み、種族の潜在意識に働きかけて、生命のリズムを加速する。卵の消費が速くなるため、次のトーナメントはすくなくとも一年、繰りあげなければならない。若い女王とオスも、自分たちの任務を一年早く遂行する必要がある。

異生物は神託の谷でなにを探しているのだろうか。ブルイルダナ自身は若い女王だったころに一度だけ行ったが、神託をうかがったことはない。そのたびに変わるといわれる神託に、恐れを感じていたから。

だが、神託は悪《あ》しきものではない。だからこそ、ブルイルダナは異生物たちの目標を知って、おおいに不安になった。神託をかれらにわたしてはならない。

ただちに兵士カーストの千人隊が四隊、シャク＝ゴル＝タリフの中央広場に集まった。

石板を敷きつめた道を裸足で行進していく。四本指の手に持つのは吹き矢の筒、磨きあげた幅広の刃がついた長い槍、火薬をつめた筒、カタパルト。カタパルトは花粉がつまった袋を飛ばすのに使うのだ。

もちろん、それぞれの兵士はアンスク人の身分制度がどのような構造になっているのか知らない。どの昆虫も自分の任務と関係ある部分しか見ないから。身分制度の構造と各カーストの役割分担に関する全情報のデータ記憶装置にあたるのが、アンスク人の個体群である。そして、中央監視制御装置にあたるのが統治女王だ。

ダトミル＝ウルガンにほかの見えない勢力が存在することは、ブルイルダナ自身も知らなかった……過去の女王たちと同じく。

正確にいうと、アンスク人の惑星にいるのは、この勢力のごく一部なのだが。

音のない不可視の合図に反応して、アンスク人部隊は動きだした。兵士たちは無数の脚を持つひとつの生物のように、シャク＝ゴル＝タリフの本通りを行進する。町はずれで街道にはいると、明るい色の土埃を巻きあげながら進んでいった。道の石板から立ちのぼる熱い空気がちらちらと光り、遠くから見ると、アンスク人たちが湖にはいっていくかのようだ。

ジャングルの手前で兵士たちは小グループに分かれた。柄の長い鋭利なはさみで、道をふさぐ蔓植物や棘のある枝を切りおとす。毒のある飛翔動物や虫を毒矢で射とめ、植物のカーテンを焼きはらった。

こうして、一歩また一歩と進んでいく。斥候部隊にはたえず新しい兵士を補わなければならない。猛獣や毒を持つ植物がひっきりなしに攻撃をしかけてくるからだ。もっとも危険なのは鬼火だろう。ぼんやりした細胞の群れはわかりにくい。犠牲者は目だった傷を負わないが、からだに不可欠な蛋白質を吸いとられ、消耗するか死にいたるのがつねだ。

四千名の兵士がジャングルにはいったが、反対側から出てきたのは三千名にすぎなかった。女王を中心とする個体群としてアンスク人をとらえた場合、これは全体の危機を意味するものではない。人体の一細胞の死がその人間の死とイコールではないのと同じだ。

これはアンスク人個体群にとってはメリットであった。全体の機能性が低下しないかぎり、個々の構成要素を犠牲にすることを恐れたり、嫌悪したりする必要がないのだから。

だが、それは同時にデメリットでもある。というのも、個体の喪失は自動的に女王の統治期間の短縮を意味するからだ。そればかりか、文明の発展の継続性も損なわれるだろう。また、日々の戦闘における死亡率を低下させようとしても、個体の生死と個体群の生死は無関係だという意識が妨げとなる。

こうして規模がちいさくなったアンスク人部隊は、歩調を崩さずにジャングルを横断。同胞一千名を失ったことにも動じず、黄土色の山脈のある地帯へとはいっていった。

＊

シャルルマーニュは〝エッグダンス〟のように複雑な動きをしていた。何本もの軸を中心にゆっくりと回転しているため、昼と夜がひっきりなしにやってくる。

さいわい、この小惑星は充分な質量があるので、われわれは混乱状態のなかでも重力をうけてしっかり立つことができた。さもなければ、とうの昔にあらぬ方向に投げだされていただろう。

昆虫惑星の大気圏に突入するまでの唯一の危険は、シャルルマーニュが回転しているせいで、飛んでくる岩滓にいつぶつかってもおかしくないという事実だ。つまり、われわれのいる場所が岩滓の直撃をまぬがれるのは、数時間のあいだのみということ。安全な時間はすぎた。考えてみれば、これまでだれも被害をうけていないのは奇蹟でしかない。シャルルマーニュは惑星をとりまく岩滓の輪の軌道方向と逆向きに移動しており、星系の構成要素ではないため、衝突の危険性が高いのだ。

衝突といっても、相手の質量は数グラムしかないことが多い。だが、向かってくる岩滓の速度とわれわれの速度を加算すれば、衝突速度は秒速五キロメートルということになる。人間の運命は灼熱する鉄片を押しあてられたバターのようなもの。ビー玉くらいの隕石が足もとで埃の雲を巻きあげたが、わたしはがんばって逃げなかった。次の岩滓がどこを直撃するかわからないから、逃げてもむだなのである。

赤みがかったゴールドの恒星が沈み、われわれはほっとひと息ついた。四分半から十八分ほどつづく〝夜〟になるたび、隕石の直撃はやんでいる。

一宙航士が〝隕石も夜は働きたくないんだな〟と、冗談をいったとたん、ちいさな岩がかれのヘルメットのアンテナを粉々に砕いた。それ以来、冗談をいう者もいない。

「あとどのくらいでしょう?」フィンダー・ラパシュがきいた。

「なんのことだ?」と、わたし。ちょうどほかのことを考えていたのである。

「われわれが溶けてなくなるまでですよ、火星のウズラさん!」ラパシュがどなった。すすり泣く声がする。ヘルメット・テレカムのスイッチを切りわすれたのだろう。

カヴェル・タバコ・ブラックフットがわたしの隣りに立ち、腕組みをしていった。

「人類は、もといたところにもどるというわけですな!」

「《ソル》ならいいが、ここはごめんだ、扁平足のインディアン!」と、だれかが叫ぶ。

ブラックフットは仲間から変人あつかいされていた。「ここにはきみの分子を再処理できるリサイクル設備はないんだぜ。泣けてこないか?」と、ひきつった笑いが聞こえる。

「インディアンは泣かない!」と、ブラックフットが答えた。大きな岩滓の反射光で、赤毛とそばかすだらけの顔が見える。顎を必死に前につきだそうとしているが、もとの骨格が貧弱なのでそうはいかない。

「三時間前から水様便がとまらないの！」絶望的な雰囲気を明るくしようと思ったのだろうか。だれかが品のないことをいった。

「なんだそれは？」無学な男がきく。

「水様便というのは下痢のことさ！」と、わたしは答え、「なんとかしてあげよう。手をあげて合図してくれ！」

「薬を持っているのですか、タッチャー？」フィンダー・ラパシュがきいた。

「いや」と、わたし。「炭すら持っていない」

「炭って？」と、ブラックフット。

「それでもインディアンか？」わたしはさげすむようにいった。「だが、われわれの再生フィルターには触媒として硫酸が使われている。硫酸は水で薄めると、すごく効くんだ」

だれかが手を高々とあげる。

そこまで行ってヘルメットをのぞきこんだわたしは赤面した。

戦場計測エンジニアのコルダ・ストークの顔があったからである。《ソル》のダンスパーティではじめて会ったときから、ひそかに崇拝していた。

だが、彼女のほうは赤くならない。わたしのことをなんとも思っていないか、ぐあいが悪くてほかのことなどかまっていられないか、どちらかだ。

わたしは何回か深呼吸し、ほかの宙航士に手伝ってもらって呼吸装置をとった。自分の医療ボックスから出した密閉式ピペットで、再生フィルター・システムから硫酸を数滴ぬきとり、それをヘルメットの開口部からコルダの飲料ボトルへ。

「濃度は千分の一だ」と、説明する。「すべて飲みほして、コルダ！」

コルダは感謝の目でわたしをじっと見ると、飲料ボトルの中身をいわれたとおりに飲みほした。

しばらくして、こんどは彼女がわたしに提案したくなったらしい。飛翔装置でシャルルマーニュからいったんはなれ、各自で惑星の大気圏に進入すればいいというのである。

最初わたしはそっけなく否定しようと思った。だが、学術的な説明をしたほうが質問者を傷つけないのではないだろうか。そこで、

「考えてごらん、コルダ！」と、いった。「これは原理がどうのこうのという問題ではなく、たんなる算数だ。宇宙飛行のメカニズムは知っているだろう？　シャルルマーニュにもそれをあてはめることができる。軌道速度に達している場合、重力の作用は遠心力によって完全に相殺《そうさい》されるんだ。

つまり、その物体に働く力は均衡状態をたもっているということ。物体が、たとえば

昆虫惑星のような天体を周回するとしよう。なんらかの妨害がないかぎり、その物体は同じ軌道を一定の速度で回転する。軌道速度は、中心となる天体の質量と、その重心から物体までの距離に左右されるんだ。軌道の円周をこの軌道速度で割ると、宇宙飛行物体の周期がわかる。円軌道の速度がわかれば、二の平方根をかけることで脱出速度がもとめられるわけだ。

たとえば周回する物体と、中心となる天体の重心との距離がわからない場合には、観察により確認が可能な物体の周期を用いて計算することができる。

さらにケプラーの第二法則によれば、軌道をまわる宇宙飛行物体は、中心にある天体から遠くはなれればはなれるほど速度が落ちるから……」

「ちょっと待って！」コルダ・ストークがいった。「タッチャー、さすがに専門的な説明だけれど、わたしの質問に対する答えにはなっていないわ。まだデータの計算をしていないんですもの」

「すぐにするさ」と、わたし。「暗算が得意なんでね。ええと、つまり、その……」

こんどは彼女のほうが赤面した。

「あら、まあ」と、あきれた顔になり、「ありがとう、タッチャー！」

「いつでもよろこんで」と、わたしは芸のない返事をした。それ以外にいいようがないかのように。急いで計算にもどる。

あれこれ検討した結果、結論を得た。シャルルマーニュの回転速度はあまりに速く、自分たちの飛翔装置だけで昆虫惑星の大気圏への突入速度を調整するのは不可能だと。摩擦熱から身を守るために個体バリアをはることはできる。だが、着陸までバリア・プロジェクターに必要なエネルギーを節約しなければならない。つまり、飛翔装置に供給できるエネルギーはほとんどないということ。時速四万キロメートルで大気圏に突入すれば、フィールド・エネルギーが奪われて、われわれの一部は空気の摩擦により燃えつき、一部は気化してしまうだろう。

コルダ・ストークにはっきりそう告げることはしなかった。だが、わたしのいいたいことは理解したとみえる。

しばらくのあいだ、コルダは死の不安と戦っていた。むごい最期に絶望しながら。だがついに、頭がおかしくなるか、現実と折りあうかのどちらかだとわかったらしい。

青白い顔に笑みをつくってわたしを見あげ、てのひらで自分の隣りの地面をたたいて、「ここにすわってちょうだい、タッチャー。そのほうが安心だから」

わたしはコルダの隣りにすわった。それでなにか役にたてると思ったからではない。だが、その瞬間がくるまでの気休めくらいにはなれるだろう。

＊

スタニア・ファイ＝ティエングはネフツェル、ヘインツェ、スワノンのグループの飛翔戦車を見つけ、近くの黄土地帯にスペース＝ジェットを駐機した。

　すぐに外には出ず、まずはテレカムで陸戦コマンドたちに連絡。

「プロジェクター・ステーションにガヴロが近づくのは確認したんだけれど、急に消えてしまって」と、説明する。「なかにはいるのは見ていないわ。だれか目撃した人はいるかしら？」

「こちらには見た者はいない、スタニア」と、リーパー・ヘインツェ。「ラーネルト、クランブラー、マーウェイン、ククロウのグループへ！　だれかガヴロの消息を知らないか？」

「こちらスターソン・ククロウ！」テレカム受信機が鳴りひびいた。「われわれもなにも見ていない。飛翔戦車を送りこんだらどうだろうか？　危険を回避するため、遠隔制御でね。それほど大きな物体が跡形もなく消えるはずはないから、すくなくとも探知は可能だろう」

「いい考えね」と、スタニア・ファイ＝ティエング。「あなたが中心になって進めてちょうだい、スターソン！」

「ガヴロが心配だわ」と、ヒーラ・クーセン＝レングテンが割りこむ。交信を《モントロン》で聞いていたのだ。

「わたしだって！」と、スタニアはさえぎった。「でも、慎重にやらなくてはね」

谷の反対側にいる飛翔戦車一両が光学スクリーンにうつしだされる。乗員が外に出てからすぐに、車輛はスタートした。谷の中央で金属性の光をはなつ球体の真上、高度半メートルの位置まで接近する。

「記録装置のスイッチをいれて！」スタニアはスペース＝ジェットの探知技術者に命令。「これから起こることが人間の目でとらえられるかどうか、わからないから」

「了解」と、探知技術者。

スタニアは大きなため息をつくと、光学スクリーンに集中した。ひきつづき飛翔戦車がうつしだされている。

「スターソン！　なにか変わったことはある？」

「なにもない、スタニア」と、スターソン・ククロウ。「飛翔戦車はわれわれの遠隔制御インパルスに正確に反応している。目標への距離は七百メートル」

スタニアは神経が高ぶってきた。いったいこれからなにが起きるのか。谷の中央にある物体についてわかっているのは、《モントロン》がそこから出た牽引ビームによってひきよせられたということだけ。

「ドゥネマン・ハルクラスより艦外にいる各部隊へ！」《モントロン》の航法士の声がテレカムから響く。「参考までに知らせておくが、四十キロメートルはなれたジャングルから、昆虫生物三千名ほどが武装して出てきた。通る道を斥候部隊がまず整備している。きみたちのいる方向に向かっているのはまちがいない。だが、心配するにはあたらないだろう。現在の進軍速度は時速六キロメートルだから、まだ六時間ほど猶予がある。そのあとは注意が必要だろうが」

「了解、ドゥネマン。ありがとう！」スタニア・ファイ＝ティエングが応じ、「いまのところは無視しましょう。スターソン、あとどのくらい？」いいたいことをぜんぶ説明する必要はなかった。

「あと三百メートルだ」と、スターソン・ククロウが答える。

だれもそれに反応しない。全員が息をつめてスクリーンと光る球体を注視している。ガヴロ・ヤールの失踪はこの球体と関係があると、一同は踏んでいた。だが、かれらは冷静をたもっている。ペリー・ローダンが数十年前に提案した、陸戦部隊の訓練ガイドラインのおかげだろう。特殊部隊のメンバーは、自分たちのおもな任務は戦闘行為を防ぐことにあり、それ以上でも以下でもないと考えていた。

「見て！」スタニアがいって、息をのんだ。飛翔戦車がプシ強化パラトロン・エネルギーでできた光る鐘まで到達し、衝突したのである。

正確には衝突とはいえない。機首がエネルギーの鐘に到達した瞬間、飛翔戦車の姿が消えたからだ。まるで、もとからなにもなかったかのように。

スタニアはため息をつき、探知技術者のほうを向いていった。

「再生して！」

技術者は探知記録を再生したが、とほうにくれて肩をすくめ、

「なにも探知できなかった、スタニア。パラトロン・バリアに衝突した物体はハイパー空間に放出されるはずなのに、それも確認できない」

「そんなこと、あるはずないじゃない！」スタニアは怒っていう。

「そうかしら？」ヒーラ・クーセン＝レングテンの声がテレカムから聞こえた。「《モントロン》の探知装置も結果は同じだったわ。それでわたしなりに考えたのだけれど、パラトロン・エネルギーの鐘まで到達した物体は、もう存在していないのでは。だから見ることも探知することもできないのよ。存在しないのだから、失踪のようすも観察できないわけで」

だれも口をきかなかった。ヒーラすら、ずっと黙っている。ようやくしゃべったとき、その声はうちひしがれていた。

「ガヴロを助けることはできないわ。存在が消されてしまったんですもの！」

「だが、球体をこじあけることはできる！」谷の上空を旋回しているスペース＝ジェットから、タクリシュ・マイアーがいった。「まずは、飛翔戦車のインパルス砲だ。それからスペース＝ジェットの武器を使い、最後は《モントロン》の大型トランスフォーム

砲。そうすれば、いずれはプロジェクター・ステーションを破壊できるさ」

「だめよ!」ヒーラ・クーセン＝レングテンが強く反対する。

「ガヴロが生きていると思うの?」スタニア・ファイ＝ティエングがたずねた。

「ええ。理性的に考えればありえないことだけれど!」と、ヒーラが力をこめる。

「感情のない理性はわたしも信じない」と、スタニア。「プロジェクター・ステーションの攻撃は中止。違う方法を考えるのよ!」

5

ジェント・カンタルは酸っぱいリンゴをかんだときのように顔をしかめた。テラナーを満載したコルヴェットが、いましがた《バジス》についたからである。《ソル》からきたグループだ。

「グループのリーダーは？」テレカムでぶっきらぼうに質問した。

スクリーンにうつしだされたのは、痩《や》せた白髪の男。深く刻まれた顔のしわを見れば、とっくに百歳はすぎていると推測される。

「ハロー！」男はいった。「わたしはハニシュ。ザファースト・ハニシュです。最初の子だから、両親が〝ザファースト〟と命名したので。もっとも、父の顔は知りませんがね。あなたがミスタ・カンタルですかな？」

ジェント・カンタルは音声スイッチを切り、振りかえってレジナルド・ブルを見ていった。

「ザファースト・ハニシュという名のたわけ者を知っていますか、ブリー？」

「もちろんさ。ザファーストは読唇術をこころえているから、きみの値踏みを楽しんだだろうよ。あれでも《ソル》の成人教育担当ディレクターだ。それに首席アーカイヴ・プログラマーでもある」

カンタルはきまり悪そうに咳ばらいをして、ふたたび音声スイッチをいれるといった。

「失礼した、ミスタ・ハニシュ。いいわけになるかもしれないが、わたしは《ソル》からテラナーがちょくちょく〝疎開〟してくることに賛成しかねるのでね」

「じゃ、《ソル》にいるテラナーはどうなるんです！」ザファースト・ハニシュが応酬する。「ペリー・ローダンは宇宙船をまもなく《ソル》生まれにひきわたしますよ。そうしたら、ローダンの気が変わっては困ると、かれらはすぐに遠くに移動するでしょう。だが、われわれテラナーは《ソル》にのこりたくない。そこで、いまのうちに移住しようと決めたんです。出発のあわただしさのなか、ソラナーがわれわれに移動手段を提供しわすれては困るので」

「それはよくわかる」と、カンタル。「だが……」

「しかたないさ、ジェント！」ブルがさえぎった。「民間人のほうが要員より多いのだし、年々《ソル》生まれが増えていく宇宙船で何年も生活しているんだ。《ソル》生まれはかつての遠征船を世代船にしたいと望み、惑星での生活を嫌っている。そういうところにいれば、いずれなにもかもがまんできなくなり、時代遅れの規則なんかどうでもいいと思うようになるだろう。だから《ソル》のテラナーたちを非難する気にはなれない。かれらに規則を守れと要求するなら、その前に《ソル》生まれたちにも、あらゆる規則を遵守《じゅんしゅ》させなければ。

だが、ジェント、そうすると《ソル》が通常の宇宙船ではなく世代船になった事実に目をつぶることになる。それは《ソル》生まれに対して不公平というもの。もっとも、そのようなことをすれば、かれらも黙ってはいないだろう。その気持ちはよくわかる」

「まるで《ソル》生まれみたいな口のきき方ですな、ブリー！」と、ジェント・カンタル。

レジナルド・ブルは身ぶりでそれを否定してから、ザファースト・ハニシュのほうを向き、

「《ソル》にのこっているテラナーについてなにか知っているか、ハニシュ？　元気かどうか、なにを考えているか、《ソル》に残留したがっている者もいるのかどうか？」

「心配かけてすみません、ブリー」ハニシュが答えた。「地球という名の惑星で暮らすのを希望しているテラナーの男女と子供、それに同行を希望している配偶者は、ぜんぶで百七十四名。これ以上増えることはありません」

「そうか！」と、レジナルド・ブル。ジェント・カンタルがテレカムのスクリーンにうつる領域から出て、身ぶり手ぶりでなにかいおうとしているのを横目で見ながら、「き

みとその被後見人たちに、宿舎と食糧を手配させよう。あとでわたしも出向いて、急ぎの問題をかたづけるから」

交信が終わると、ジェント・カンタルが憤慨して小声でいった。

「月と地球にかけていわせてもらいます、ブリー！　あいつはあんなことをいっていますが、いま《ソル》にはテラナーがひとりもいないのをご存じで？　いるのは、ローダンが約束してくれた船を放棄する気など毛頭ない《ソル》生まれだけです。だが、ローダンがまだ生きているかどうかはわからない。それに、ジョスカン・ヘルムートは性急な短気者たちをうまく制御できる男じゃないですよ」

レジナルド・ブルはしずかにうなずいた。カンタルの剣幕に動じることなく、

「かれらが短絡的な行動に出て、《ソル》を急いでスタートさせるのを恐れているのだな？」と、たずねる。

「そのとおり」と、カンタル。「まだ船が《ソル》生まれのものではないという理由だけじゃありません。二恒星をめぐる軌道が描く球面の外側には、ウィンガーの宇宙船がくりかえしやってきている。かれらに《ソル》の行く手をじゃまされたら、ソラナーは興奮して、ウィンガー船のあいだの隘路《あいろ》をくぐりぬけようとするかもしれません。そうすれば《ソル》は殲滅《せんめつ》されてしまい、人間とウィンガーの対立がさらに激化する危険があります」

レジナルド・ブルはまたうなずくと、

「こうしよう。《ソル》の秩序が守られているかどうか、きみが見てきてくれないか、ジェント」と、いった。「わたしもあとから行き、そのままペリーがもどるまで待つつもりだ」

「いいでしょう、ブリー！」カンタルは力強く、「ロボット大隊を連れていって……」

「きみがその大隊を《ソル》生まれにそっくり贈呈する覚悟ならいいが、そうでないならやめろ！」レジナルド・ブルがぴしりといった。それから声を和らげ、「道義的には、かれらは《ソル》を自分たちの所有物と考える権利を獲得したんだぞ、ジェント。その権利をいまさら疑問視するつもりはない。もっとも、譲渡するのがペリーだという点はゆずれないがね。だから、権力者のような態度はとらず、パートナーとして行動してくれ！」

「おぼえておきますよ」と、ジェント・カンタル。

出ていこうとするのをレジナルド・ブルはひきとめ、コンビネーションのポケットから指ほどの太さのパイプをとりだした。鋼のシリンダーを扁平にしたようなかたちだ。

「これを持っていって、《ソル》についたらすぐジョスカン・ヘルムートにわたしてくれ、ジェント」

ジェント・カンタルは驚いた表情でちいさなパイプをうけとった。それをしまうと、

ブルをためすようにじっと見て、

「わかりました!」と、ようやくいう。だが、腑に落ちない口ぶりだった。

*

ダライモク・ロルヴィクからほんの十メートルのところに、塔と同じくらい太い稲妻が落ちた。光る木の最頂部の大枝を直撃したらしい。

この放電により、周辺数百メートルの領域で、乾燥しているものはすべて炎上した。高密度で酸素の含有量が高い大気だからである。ロルヴィクのからだは高温の圧力波をうけ、マイセリーデンの霧の糸のカーテンに投げだされる。

ふつうなら死ぬところだが、チベット人は死をまぬがれた。投げだされた衝撃で霧の糸がひきちぎれ、粘着性の糸でできた猛禽類《もうきんるい》の巣にぶつかり、さらに鼻に毒針のあるライオンが待ちかまえている落とし穴に落ちたのだ。

人間くらいの大きさの猛獣は驚いて跳びのいたが、歯をむきだしてうなり声をあげた。鼻の針はてのひらをひろげたほどの長さで、先から猛毒がしたたりおちている。かみそりの刃のような前足の鉤爪は、ゾウの腹でも裂いてしまいそうだ。

チベット人は衝突のショックと落雷の轟音で朦朧《もうろう》となった。そうでなくても、いまいるジャングルはひっきりなしに嵐と雷に襲われていて、テラの十回ぶんの嵐が一度に荒れくるっているような状況なのだから。

膝をからだにひきよせ、遠征用ナイフを出して、毒針ライオンの攻撃にそなえる。闘争本能が目をさましたので、不安はない。

だが次の瞬間、無数の火種によってかきたてられた猛火が、嵐のように襲ってきた。双方とも生死をかけた戦いを忘れ、姿勢を低くする。無数の動物が火につつまれて断末魔の叫びをあげ、幹や枝がものすごい音をたてて折れ、植物から出たおびただしい量の油がちいさな火を勢いづかせ、高さ数百メートルもの火炎が生じた。ロルヴィクとライオンは穴の岩棚の下に逃げこむ。

だが、事態はいっこうによくならなかった。猛火が周辺の空気中の酸素をすべて消費していたからである。ダライモク・ロルヴィクは生命維持システムの給気弁を開け、ヘルメット・ヴァイザーの開口部ごしに毒針ライオンにも空気をあたえた。

はげしい猛火は数分間で消えた。すべてを焼きつくしてしまったからである。炎はちいさくなり、最後の火炎が揺らめいていた場所も、ほどなく暗くなった。

酸素の燃焼によって空気圧が低下したところに、笛のような音をたてて空気が流入してくる。またすぐに、装備なしでも息ができるほど大量の酸素が確保されるだろう。酸素の備蓄がなかった生物にとっては、もはや意味はないが。

しばらくして、ダライモク・ロルヴィクはためしに給気弁をとめ、外気を吸いこんだ。

意識を失いそうになる前に対処できるよう、酸欠の兆候に注意をはらいながら。

毒針ライオンはなにも気づいていない。だが、異生物のヘルメット・ヴァイザー開口部から流れでてくる空気のおかげで呼吸できるということはわかっている。細長い割れ目のようなかたちの鼻を使い、ロルヴィクのヘルメット開口部のすぐ近くで荒い息をしていた。

三分後、供給酸素にたよらなくても大丈夫だと確信したロルヴィクは、毒針ライオンの奇怪な〝顔〟をしげしげと見たもの。周囲はたてがみのような毛におおわれ、角で保護された鼻が、まるでちいさな第二の頭蓋骨のようにつきでていた。テラのガラパゴス諸島に棲息する巨大カメの頭のようでもあり、毒針が死の恐怖をかきたてる。

相手も同じようにこちらを観察していると気づいたのは、しばらくしてからだった。猛獣の目にはチベット人の姿も不気味に見えているだろう。いずれにしても奇異なのはたしかだ。

「殺しあいにならなくてよかったよ」と、ロルヴィク。「危険がようやく去ったのだから、いまさらばかなことはしないだろうな。わたしはおまえと別れてチャム＝バルへ行き、女王を探さなければならないのでね」

毒針ライオンの鼻の割れ目がひろがり、腐臭をはなつ暖かい空気が流れてロルヴィクの顔を襲った。

チベット人は気を失いそうになるのを必死にこらえ、匍匐《ほふく》姿勢のまま後退する。

「タッチャーだって、おまえほど臭くないぞ！」と、つぶやきながら。

それでも毒針ライオンはにじりよってくる。ロルヴィクは絶望した。また臭い息をたっぷり吐きかけられてはたまらない。

そこで踵《きびす》を返し、短い助走をとってから、ゴムボールのようにジャンプ。でっぷりした腹部は贅肉でできているように見えて、じつは鍛えぬいた筋肉の塊りなのだ。それを知らない者がロルヴィクの運動能力を見たら、度肝をぬかれることだろう。

チベット人は深さ三メートルの落とし穴の上縁をつかみ、からだをひっぱりあげると、勢いよく地面に着地した。グレイと白の灰がもうもうと巻きあげられる。すっかり焼けおちた大きな空き地がひろがっていた。その先に高くそびえているのは原生林の残骸だ。

幸運が重なって生きのこれたことに、感謝せずにはいられない。落とし穴の壁をのぼろうと息を荒くしている毒針ライオンにも。

「達者でな！」そういって、先を急ぐ。暗い空からどしゃぶりの雨が降りはじめ、こぶし大の雹《ひょう》が降りそそいでも、歩みをとめなかった。

チャム＝バルの女王にいたる道を探さなければ。それ以外のことはどうでもよかった。理由などわからない。わかっているのは、それが最優先事項だということ。この任務をはたせば、過去の記憶をヴェールのようにおおっている霧が、きっと晴れるにちがいない。

＊

突然やってきた静寂が嵐の到来を予告する。北の沼の植物は弱々しく頭を垂れていた。空は純白の天蓋のようで、その丸天井の下で美しいオーロラが冥界の踊りを踊っている。

ガヴロ・ヤールは下半分が土に埋もれている大昔の墓の石板にあがり、白くぼやけた地平線を背景にして輪郭がくっきりと浮きでた、黒い山脈を見た。その向こうがチャム＝バルの地だ。

危険に気づいたのは、文字どおり最後の瞬間である。黒い山脈を背景にすると、群生するトクサのグリーンの穂先がよく目だつ。それがすべて、おのれを指ししめす方向に前倒しになっていたのだ。

宇宙生まれの特徴だが、これを見て、最初は圧力波かと考えたもの。乱気流や嵐やハリケーンというものを、宇宙のエネルギー現象との関連でとらえるのである。

だが、すくなくともガヴロ・ヤールのとった行動は正しかった。圧力波であろうとなかろうと、まずはかくれ場を探すのが得策である。しかも、この惑星の嵐は核爆発の圧力波と同じくらい潰滅的な被害をもたらすのだから。

嵐がやってきて、コケ植物より丈の高いものをすべてずたずたにひきちぎったとき、ソラナーはすでに墓の背後に身を伏せていた。

なぜ墓石の角が研磨したようにつるつるなのか疑問だったが、嵐に何度も襲われて削られたらしい。

嵐が轟音とともに周囲で荒れくるうあいだ、地表をおおう植物にしがみついていた。はげしい気流の渦が起こり、息もできないほど。身につけていた技術装備のことを考える余裕もない。墓の側面にぴったりからだを押しつけ、両腕を顔の前で交差させる。そうやって確保した空間でなんとか呼吸して身を守るばかりだ。

嵐はやむ気配を見せない。風の咆哮《ほうこう》は弱まることを知らず、孤独な男から空間と時間の感覚を奪う。

嵐がはじまったときと同じように唐突にやんだとき、ガヴロ・ヤールは、すべての実体から解きはなたれ、真っ暗な壁のない中空をひとり漂っている感覚に襲われた。

だが、それでパニックにおちいっているようでは宇宙生まれの資格はない。自分の故郷は大宇宙だ。つまり、四方の壁を確認できない中空ではないか。

無重力状態で方向転換するときのように、上体を折りまげる。そのとき、指先やからだ、両脚にふたたびかたいものを感じた。

目を開け、あわてて周囲を見る。なにかおぞましい音がした。拷問をうける男のうめき声と、骸骨のきしみと、大昔の恐竜のしゅうしゅうという舌なめずりが混じったような音だ。

だが、見えるのは湿地の植物のみ。嵐が去り、植物がいっせいに頭をもたげている音だったのである。

ほっとしてガヴロ・ヤールは墓石によりかかり、頭をうしろにそらせて澄みきった空を見た。オーロラの光のカーテンがいきいきと踊っている。

生まれてはじめて、惑星の自然現象を美しいと感じた。手袋をした両手に無数の褐色の棘が刺さっているのに気づいても、その印象は変わらない。

棘が手袋を貫通することはないだろう。この手袋はほかの装備と同様、《ソル》船内でつくられたもの。愛する〝故郷〟で製造されたものは最高の品質だと、ソラナーはだれでも無意識に考えているのだ。

マイセリーデンの霧の糸が迫ってくる。ダトミル＝ウルガンが人間には適していない惑星だということを思いだした。いつまでも安全とはかぎらない。ここに植民した場合、強力な光線の影響だけを考えても、三代目ともなれば祖父母や両親と似ても似つかない姿になる可能性がある。

ガヴロ・ヤールは霧の糸を避け、襲ってきた猛禽類にパラライザーを発射すると、墓のある丘を駆けおり、先を急いだ。

高いものは丈が三十メートルもあるトクサがふたたび立ちあがり、無風状態のなかですっくと天をさしている。青白い色の茎の一部は樹皮のようなものでおおわれ、先端に胞子葉群がついていた。そのトクサを道しるべに前進する。

しっかりした足どりで歩いた。藪がびっしりつづく湿林は危険に満ちている。せめてもの幸運は、ほとんどの猛獣が自分たちの棲息環境と無関係のものに対して関心をしめさないこと。これまでダトミル＝ウルガンに足を踏みいれた人間はいないから、そもそも人間というものを知らないのである。

それでも、必死に防衛しなければならない場面が何回もあった。惑星生まれや、未開の地域がのこる惑星で育った人間なら、沼地の藪に足を踏みいれたりはしないだろう。自然の脅威を充分に知りぬき、その経験をダトミル＝ウルガンでも生かせただろうから。

だが、ヤールにはそうした予備知識がなかった。底なし沼の恐さも知らない。水深三メートルの沼の水面に植物がじゅうたんのように繁茂し、多数の動物が棲みついている可能性など、想像もできないのだ。

ソラナーはふいに立ちどまり、耳を澄ました。

生まれてこのかた聞いたことのない、それなのに、慣れ親しんだなにかを連想させる音がする。なつかしいが聞いたことも見たこともない、なにかを……

と、突然に気づいた。あれはチャム＝バルの女王の居城で塔の番人が吹いている角笛の音だ。

目標まで、あとすこし……

＊

「これほど謎めいたことがあるだろうか！」ドゥネマン・ハルクラスはいった。

「なにが謎めいているって？」と、リバン・ヌトロが目をしょぼつかせて顔をあげる。もう何時間もポジトロニクス・コンソールの〝臓物〟を点検しているのだが、らちがあかない。「これまでのわれわれの体験よりもっと謎めいた出来ごとがあるのなら、教えてもらいたいもんだ」

「黄土色の山脈の谷間にあった球体さ。金属性の光をはなっていたあの球体が、見つからない」と、ドゥネマンは答えた。「そのかわりにあるのは、完全な闇におおわれた球状のゾーンだけ」

「え！」と、ヒーラ・クーセン＝レングテンがインターカムごしに叫ぶ。「そんなばかな！」絶望的な口調だ。

「ヒーラ、どうした？」ドゥネマンはたずねた。

ヒーラのすすり泣きが聞こえ、それからヒステリックな声がして、

「シャルルマーニュが十時間後に落ちてくるのよ。まさにこの場所に墜落するにちがいないわ！」

「われわれの陸戦コマンドはまだ現場の上空にいる」と、火器管制ポジトロニクスの専門家アール・シモンが火器管制コンソールの守備位置から発言した。艦内ポジトロニクスが故障しているため、このコンソールの重要性が増している。

驚愕のあまり、《モントロン》司令室にいる男女は口がきけない状態だ。もはや、シャルルマーニュにいる友五十名を助けられないことは明らか。第一に、《モントロン》は牽引ビームによっていまも地面に固定されている。第二に、その制約を度外視しても、自分たちにできることはさほど多くないだろう。超近代的な宇宙船だが、主ポジトロニクスなしでは、さまざまな問題を克服してスタートできたとしても、それ以上のことはできない。

数分たってから、ようやくドゥネマン・ハルクラスが口を開いて、

「とりあえず、昆虫生物に町から逃げるよう警告を出そう。当然のことだが、われわれも落下予定地点からはなれなければ」

「自分たちは安全な場所に避難して……友五十名のためにはなにもしないということ？」ヒーラがたずねた。「それでいいはずないじゃない、ドゥネマン！　それに《モントロン》はどうなるの？」

「確実に助けられるものを助けないと、ヒーラ！」ドゥネマンは語気を強めたが、顔は真っ青だ。「こうした状況は人類の歴史では何回もあった。守れる者を守るのがわれわ

れの義務だ」

黄土色の山脈の谷間にいる要員とのテレカム通信はつながったままだから、次の指示をあたえるためにあらためて接続する必要はない。関係者全員に情報がいきわたる態勢になっている。

「ドゥネマンから全員へ！」と、呼びかけた。「外に出ているメンバーはただちに《モントロン》にもどれ。艦内では撤退の準備を開始するように。乗員はスペース＝ジェットと飛翔戦車でもよりの南方大陸に移動し、キャンプを設営してほしい。わたしはアールル、ヒーラ、ケベックと、スタニアのスペース＝ジェットで昆虫生物のもとに行き、町から出るように説得する。迅速かつ確実に行動してくれ。以上！」

6

惑星がみるみる大きくなる。《モントロン》の宙航士五十名とわたしには、地獄のように見えた。われわれは大気圏突入時に黒焦げになり、惑星に着陸するのは亡骸《なきがら》だけだろうから。

「どこに行くんです、タッチャー?」と、たずねる声がする。カヴェル・タバコ・ブラックフットだ。

「あっちだ!」と、答え、右前方にある〝地平線〟をしめした。地平線といっても、さっき隕石が命中したせいで三角形の欠落部ができている。それ以降はなにも起きていない。われわれのいる小惑星が岩滓リングをつっきったからだ。

「そこになにかあるので?」と、カヴェルがたずねた。この男はどこかとっぴなところがある。テラのインディアンの歴史を熱心に研究する程度だったら、人々から尊敬されただろうが、ロマンティックなインディアン文学に傾倒し、熱狂的ファンになってしまったのだ。

チーズのように色白でそばかすだらけの顔、碧眼に赤毛という風貌にもかかわらず、自分のことをイロコイ族の族長一族の末裔だと主張している。たとえ本当だとしても、樽の中身を一リットルのこして飲みつくし、減った分を水で補ってから、これは赤ワインの樽だといいはるようなもの。

「奇妙なものが見えるんだ」わたしは答えた。「銀色にぴかぴか光っている」

「銀の湖の財宝だ！」カヴェルは有頂天になって小高い場所によじのぼり、ジャンプしながらわたしのほうにやってきた。

「カヴェル！」フィンダー・ラパシュの力強い声が響く。《モントロン》からシャルルマーニュに死ぬためにやってきたも同然の、偵察部隊のリーダーである。もう一度くりかえして、「カヴェル！　タッチャーがひとりになりたがっているのなら、そうさせてやれ！」

わたしが死の不安をほかのメンバーに気づかれたくなくて、かくれたがっていると思ったのか。勘違いもはなはだしい。むしろその逆で、積極的に行動しようとしているのだ。しかも、ことは急を要する。数分前の計算によれば、シャルルマーニュが運命の惑星の大気圏に突入するのは一時間半後だ。

シャルルマーニュの重力はわずかとはいえ、大きなジャンプをするのはむずかしい。そこでわたしは飛翔装置のスイッチをいれ、精いっぱい加速。もちろん数秒後には急制動をかけなければならなかったが、うまくいったので、はりつめていた神経がすこしおちつく。

そのあとすぐ、岩盤の隙間のほうに進んだ。隕石が衝突し、縦と横が二十メートル、深さが五十メートルある穴ができている。そのときになにか露出したのだが、いまよく見てみると、どうやらほんものの銀鉱脈らしい。

それでも関心はおぼえなかった。というのも、穴の底にあるなにかが、魔法のようにわたしの注意をひきつけたからである。

なにしろ、わたしは経験豊富な宇宙地質学者だ。大群がわれわれの銀河に出現する以前から、ＩＣＣの依頼で大きなホワルゴニウム鉱床がある五惑星を調査し、採掘までこぎつけた実績がある。シルバーグレイに輝き、一部は水銀のようにも見える鉱物をひとめ見ただけで、ふつうはエレクトロン顕微鏡を使わないと判明しない結晶構造までわかるのだ。

きわめて純度の高いホワルゴニウムであることに疑いの余地はない。しかも、これまでなかったような大鉱脈である。露出しているホワルゴニウムは断面が放射線状で、下方ばかりでなく側面にも鉱脈が伸びている。シャルルマーニュの大きさを考慮にいれると、埋蔵量はすくなくとも五億トンはあるはず。

思わず息をのんだ。

わたしはいまだにプロスペクターのライセンスを持っている。かつての太陽系帝国政府が発行したものだが、〝生涯有効〟と記載されているから、太陽系帝国の権利継承者は承認してくれるだろう。

それに、ベルトにはインケロニウム製印章をさげている。ア・ハイヌの大昔の家紋つきで、〝純度百パーセント・インケロニウム〟と刻印されているものだ。

うやうやしく印章をとり、ほぼ平坦な発掘鉱脈の上に置いた。職業の象徴としていつも持ち歩いている地質学者専用のハンマーで、それを力いっぱいたたく。

インケロニウムの刻印がホワルゴニウムに押されたことをしめす、澄んだ音が聞こえた。目を閉じ、おのれの最大にして最新の発見を祝う。

そのとき、ヘルメット・テレカムから〝うっぷ〟という声がした。信じられないほど感情がこもっている。わたしは甘美な感傷の世界から現実にひきもどされ、立腹して顔をあげた。インディアンになりたがっているそばかす男と、ヘルメットごしに目があう。

「なんと不作法な！」と、しかりつけた。「げっぷをしたな。しかも、大きな音で！」

だが、ブラックフットを侮辱して怒らせてやろうというもくろみは、みごとにはずれた。怒るどころか、ヘルメットのなかの顔は、驚きと期待に満ちた子供の表情になっている。

カヴェル・タバコ・ブラックフットは手を伸ばし、わたしの上方をさししめして、

「ぎ、銀鉱の入口です！」と、つっかえながらいった。

その方向を確認。

ブラックフットは興奮しているが、経験ある宇宙地質学者のわたしにいわせれば、とくに驚くにはあたらない。

それはホワルゴニウムにくりかえし発生する〝萎縮泡〟の開口部にすぎなかった。この開口部ができたり消えたりする原因は宇宙地質学者にも知られていない。ただ、わたしが同分野の学者たちとくらべて幸運だったのは、太陽系艦隊での任務を経験し、大宇宙の奴隷使いのうちでももっともたちの悪いダライモク・ロルヴィクにこき使われたことだ。そのおかげでペリー・ローダンの義理の息子と知りあいになれたから。

ジェフリー・アベル・ワリンジャーは、ホワルゴニウムの核およびエレクトロン外被がふたつの異なる連続体に存在することを発見した、最初のテラナーである。二連続体のあいだでは双方向の交換がおこなわれる。だが、この交換はけっして等価ではないために、質量の増加や減少が生じるのだ。そのせいで、萎縮泡と呼ばれる隙間、つまり中空部が発生する。

なにも知らないブラックフットが発見した萎縮泡の開口部は、それほどめずらしい現象ではない。だが、それをじっと観察するうちに、アイデアが浮かんできた。

萎縮泡が存在する時間は平均して十四時間二十一分。しかし、極端な事例もある。半年も存在する萎縮泡もあれば、数分で消えるものもあるのだ。

突然、心臓の鼓動がはげしくなった。

ソラナー五十名とaクラス火星人一名の命を救うためには、この萎縮泡が二時間消えずにいてくれれば、それで充分ではないか。

二時間存在する確率はけっして低くない。それに、われわれはどっちみち失うものなどないのだ。たとえ、ホワルゴニウムの欠落部が一時間後に五次元性連続体からもどり、萎縮泡が突然ふさがったとしても、大気圏で燃えつきるのにくらべれば、痛みもなくすみやかに確実な死を迎えられるというもの。

わたしは何回か深呼吸してから、〝イロコイ族〟の雄叫《おたけ》びを無視して、フィンダー・ラパシュに呼びかけた……

＊

「これはいったいなんですか？」ジョスカン・ヘルムートはそういって、ジェント・カンタルにわたされた、ちいさな扁平のパイプをいぶかしげに見た。

「知っていると思ったのだが！」カンタルはあきれた口調になって、「ブルがきみにわたせと」

ヘルムートはかぶりを振るばかり。

「変な話だ！　ふたりの人間を謎で煙《けむ》に巻くとはブリーらしくもない。これが意味のあるものなら、すくなくともわれわれのうち一方は事情がわかっていそうなものだが」

ジェント・カンタルはそういうと、怪訝《けげん》な顔でヘルムートを見ていたが、やがてSZ＝1司令室の制御コンソールぞいに歩き、じろじろと画面を調べはじめた。

「どうかしたのですか？　《ソル》の操船状況に、なにか問題でも？」ジョスカン・ヘルムートは《バジス》船長の横にぴったりとついてたずねた。屈強な乗員二名にたのんでカンタルを拘束させようか……という考えが頭をよぎる。だが、レジナルド・ブルがこの傲慢な男に重要なものを託し、自分にわたすようことづけたのだ。その事実が、かれを躊躇《ちゅうちょ》させた。

「ここでなにが起きているのか、知りたいのはそれだけだ」と、ジェント・カンタル。本当はジョスカンに向かって、きみには短気者のソラナーを統率する力などない、とずけずけといってやりたかった。だが、それをぐっとこらえたのは、レジナルド・ブルがジョスカン・ヘルムートを高く評価しているらしいからだ。そうでなければ、重要なパイプをわたすはずがない。

「《ソル》生まれのことを《バジス》船内でなんと噂しているか、よくわかっているつもりです」ヘルムートはきびしい表情になり、「われわれが《ソル》を乗っとって逃げだすと考えているおろか者もいるでしょう」

ジェント・カンタルは、はらわたが煮えくりかえる思いだった。〝おろか者〟というのが自分への当てこすりだとわかったからである。それでも、先入観を捨ててこそ相手を正しく評価できるのだと考えて、じっとがまんした。

「《ソル》生まれのなかには、ローダンはもうもどらないと思っているばかりでなく、ガヴロ・ヤールも任務に失敗し、失踪したと考えている連中もいるのではないか」

カンタルは冷静にそういうと、咳ばらいをして、しばらく沈黙した。《ソル》生まれの一グループが小声で話しながら追いぬくのをやりすごしてから、

「おたがいにかくしごとはやめよう、ジョスカン！　いまこの瞬間にも、多くのソラナーが、《ソル》で逃げだすのは当然の権利だと思っているはず……」

ジョスカン・ヘルムートは立ちどまった。怒りが爆発しそうになるのを必死にこらえる。レジナルド・ブルが評価している人物をはずかしめたくないから。

カンタルが振りむいたとき、ヘルムートは無理に笑顔すらつくって、こういった。

「ガヴロ・ヤールは《ソル》生まれのあいだで共感を得ています。ヤールがもどる前にスタートしようなどと考える者は、《ソル》船内にひとりとしていませんよ」

さらに声を大きくして、

「いわせていただきますが、ご同輩、われわれ《ソル》生まれは泥棒ではありません！《ソル》を盗んだり、力ずくで奪いとったりしようとしたことはない。正式な譲渡を望

んでいますよ……ペリー・ローダンに約束してもらったとおり」

やっぱりこらえてよかった！　ジェント・カンタルは心のなかで叫んだ。これもブリーのパイプのおかげ！

「わかった！」と、かれは答えた。「その言葉はおおいに尊敬に値《あた》いする」

ジョスカン・ヘルムートは牛乳の皿を前にしたネコのようにうれしそうな顔で、「きちんと話せば、かならず理解しあえると思っていましたよ」と、軽《かろ》やかな口調になった。「あなたが《ソル》〝船内〟の出身でないのが残念です」

「正確には《ソル》〝船上〟だろう」と、カンタルが文法上の誤りを正した。

「宙航士たちが伝統的に〝船上〟という表現を使うのは知っています。でも、われわれは生まれてこのかた、〝船内〟から出たことがないので」と、ジョスカン・ヘルムート。「われわれ《ソル》生まれにとって、《ソル》はたんなる宇宙船ではなく、故郷なのです。その〝なか〟で暮らす、たったひとつの世界ですから」

ふたりはほほえみあい、ごく自然に手をさしだすと、握手をかわす。

「いい雰囲気になってよかったよ」すぐ横で声がした。

視線をあげると、うれしそうにレジナルド・ブルがにやにやしている。ふたりとも、まだ状況がのみこめずにいる。

「すべてうまくいったか？」と、ブル。

「もちろんです、ブリー」カンタルが答えた。「われわれの心配はどれも根拠がなかったようですな。というより、わたしだけの心配だったようで……」

「こちらにも偏見がありました」ジョスカン・ヘルムートが口をはさむ。「でも、カンタルは聞いていたよりずっといい人です」

ジョスカンはちいさな金属パイプを無意識に指のあいだでもてあそんでいたのに気づき、高くかかげると、

「これをありがとうございました、ミスタ・ブル」そういってから赤面し、「忘れっぽくて申しわけないのですが、このパイプがなんだったか、どうしても思いだせなくて」

レジナルド・ブルはゆっくりとうなずき、パイプに手を伸ばした。ジョスカン・ヘルムートからそれをうけとると、

「なかにちょっとした作用があるものをいれたのさ。きみたちにはそれをうけいれる素地があったから、効果が出たのだ。精神を硬直させずに相手を見るという効果がね」

「つまり、精神性のガスのようなもの……？」ジェント・カンタルはそういいかけて、口をつぐんだ。レジナルド・ブルは断じてそのようなことはしない。「いや、それはありませんね。だったら、なにを？」

ブルはおや指で接続部を押してパイプを開け、ちいさな中空部分をヘルムートとカンタルに見せた。

「なにもはいっていませんよ！」と、ジョスカン・ヘルムート。

レジナルド・ブルは笑って、

「〝信頼〟は目に見えないからな。もちろん、パイプにいれて運ぶこともできない。だが、きみたちふたりがこのパイプに意味があるとひそかに信じたおかげで、これがたがいの信頼関係を築きあげる核となったのだ。わたしはきみたちを信頼し、このパイプがふたりの行動にポジティヴな作用をおよぼすと信じていた」

「こんなちいさなものが……！」と、ジェント・カンタル。

「仲間として、パートナーとして、どう行動すべきか……それをわれわれに教えようとしたのですね、ブル」ジョスカン・ヘルムートが真剣にいった。「このことは一生忘れないでしょう。あなたに感謝しないと」

「いいんだ、ヘルムート」と、レジナルド・ブルは答え、「ジェントとわたしはもうすこし《ソル》に滞在させてもらう。きみとセネカに協力してもらい、ペリーとヤールたちの件について、問題点を話しあいたい。正直なところ、わたしも不安になってきた。もしかすると、やりすぎたのではないだろうか。《パン＝タウ＝ラ》はわれわれ人間にとって、あまりにも大きい」

一同は腰をおろした。

「そうかもしれませんね」と、ジョスカン・ヘルムートはいって、あらぬかたを見ている。「しかし、本来の目的を逸脱した《パン＝タウ＝ラ》の脅威は、さらに大きなものです。われわれ人間があきらめたらどうなりますか？　第一次遠征が不成功に終わったら、第二次遠征隊はもっと周到に準備して送りださなければ。脅威がなくなるまで、そうしてつづけるしかないでしょう」

「ソラナーからそのような発言を聞くとは！」と、レジナルド・ブル。けっして皮肉をいっているのではない。

「いや、ひとりの人間としていっているのです」ジョスカン・ヘルムートは答えた。

7

《モントロン》艦内は大混乱におちいり、上を下への大騒ぎといった印象である。

だが、ドゥネマン・ハルクラスとスタニア・ファイ＝ティエングにとっては想定内だった。二百五十名の男女がどう行動するか考えつくし、全員が避難するための準備はすでにととのっている。非常時にそなえた計画は、何年も前から立ててあったのだから。

スペース＝ジェット《シンメトリー》でスタートしたスタニアとドゥネマンはおちついていた。昆虫生物に避難をうながすため、町をめざす。具体的にどうやったらいいのかわかっている者はひとりもいなかったが。

「ハロー、ダライモク！」と、ドゥネマンがからかった。ケベック・ガイデンバルとヒーラ・クーセン＝レングテンが《シンメトリー》のコクピットにはいってきたときのこと。

ケベックは唇をかみ、ヒーラは怒って、

「あなたの心は戦闘ロボットみたいに冷たいのね、ドゥネマン！　ケベックが自分の失敗でおちこんでいるのがわからないの？」

ドゥネマンはこうべを垂れ、

「そんなことはないさ、ヒーラ。許してくれ、ケベック！」

「いいんだ！」ケベック・ガイデンバルはきっぱりといった。「これ以上、待つわけにはいかない。シャルルマーニュは一時間後には大気圏の上端に達する。理論的にはさらにその一時間後、ここに墜落するはず」

「わかっている」ちいさな声でハルクラスがいい、スタニア・ファイ＝ティエングに合図。スタニアはコード・シグナルを送って格納庫のゲートを開いた。《モントロン》の主ポジトロニクスがいまだに作動していないから、スタート操作は手動だし、格納庫の射出フィールドも使えない。

円盤艇はゆっくりと飛びたった。まだ明るいが、二時間半後には夜になる。そうなれば、昆虫生物にこちらの意図を伝えることはさらにむずかしい。

「かれらのメンタリティでは、異種生物が自分たちの心配をすることが理解できないかもしれないわね」《シンメトリー》の航法士、ニコル・スルファトがいった。「うちの一族は千百年も前から、男も女も宇宙飛行に出ているわ。ローダンと個人的な知りあいだった始祖ブラゾスからの伝統よ。スルファト家の人々は、ありとあらゆる知性体のメンタリティを経験してきたけど、信じられないようなことがいっぱいあったという話ですもの」

「シャルルマーニュはどんな状況だろうか？」火器管制技術者のリスター・パゴルニスがおずおずと口にする。

しばらく沈黙があって、こんどはケベック・ガイデンバルが、

「ラパシュの部隊の件は、やはりわたしの責任なのだろうか……？」

「いや！」と、ドゥネマン・ハルクラス。「きみのせいではない。われわれが好奇心にまかせて行動したからだ。シャルルマーニュ着陸後に爆発した奇妙な宇宙船がどうなったか、知りたいばかりにね」

スタニア・ファイ＝ティエングが手をあげ、

「お話し中に申しわけないけれど、まもなく町の上空につくわ。住人たちを救う唯一のチャンスをむだにしたくないのなら……」

「了解！」ドゥネマンが応じた。「ひろい場所に駐機してくれ！　近くで見ると、シロアリの巣というより、二十世紀のテラの都市のようだ。古い３Ｄヴィデオ映像で見たんだが……ああ、名前を思いだせない！」

「そんなこと、どうでもいいから！」ヒーラ・クーセン＝レングテンがさえぎって、

「核エネルギーは探知できないわ。宇宙船やそのたぐいのものも。それなのに、原住種

族はこんなに美しい町を建設している……！」

「《モントロン》からテレカムよ！」と、《シンメトリー》の通信士、ネビュラ・キング。受信機の音量を大きくしたので、いあわせた全員が興奮したスターソン・ククロウの声を聞くことになった。スターソンは目前に迫った小惑星直撃までのあいだ、自分のスペース＝ジェットの乗員とともに《モントロン》司令室の最重要ステーションを守っている。

「……なんらかの理由でシャルルマーニュのコースが変わった。いまにも大気圏に突入しそうだ。墜落場所も北東に二百キロメートルほどずれる。黒い山脈の広大な湿地の向こう側だろう」と、ククロウ。

「それで、われわれの友が助かるチャンスはひろがるの？」ニコルはきいた。

送信機の音量は大きく設定されていなかったので、ネビュラ・キングがその問いをスターソン・ククロウにとりつぐ。

「残念だが、そうはいかない」やや間があって、答えが返ってきた。「宗教団体に属している者がいたら、友のために祈ってほしい。わたしもそうするつもりだ」

スタニア・ファイ＝ティエングはスペース＝ジェットを低空で浮遊させたまま、

「じゃ、住民たちは避難しなくてもいいということ？」と、混乱してたずねた。

「その必要はないだろう」と、ドゥネマン。「だが、二百キロメートルの距離に墜落したとしても、影響はまぬがれない。すぐ近くに落ちた場合ほど潰滅的ではないが……もしそうなったら、住民はひとりも助からないだろうから」

「だからといって、なにもせずに傍観するの？」と、ヒーラ。

「とはいえ、着陸するのは考えものだぞ」リスター・パゴルニスが監視用のサブスクリーンをさししめした。無数の昆虫生物が住居塔から外に出てきて、外壁をびっしりと埋めつくしているではないか。

「かれらが把握器官に持っているのはなに？」ヒーラ・クーセン＝レングテンは驚いてたずねる。

「武器だ」と、リスター・パゴルニス。「だが、われわれには危害をおよぼせないさ。刀や槍のような原始的武器だから、個体バリアにはとても太刀打《たちう》ちできない」

「傍観を決めこまず、平和的な交渉をこころみるわ」と、スタニア・ファイ＝ティエングはいって、スペース＝ジェットを原住種族から見えない高度にまであげた。「タイミングを見てね」

「つまり……？」と、ドゥネマン。

スタニアは意味ありげにうなずいた。

＊

「黒い山脈！」ダライモク・ロルヴィクはうれしさのあまり、声をあげた。「チャム＝バルの女王のかくれ場だ！」

目にはいりそうになる汗を布でぬぐう。《バタフライ》をとめた場所から黒い山脈の麓に到着するまでに、布は真っ黒になっていた。これで手をふいたら、手のほうが汚れるくらいに。

だが、チベット人は《バタフライ》のことなどまったく考えていない。チャム＝バルの女王を解放するのだという思いにつきうごかされていたのである。最初はそうではなかった。歩きはじめてから動機や意図が変化したのだが、それでも葛藤はない。

ふたたび前進を開始。この数時間はなめらかな速歩と短いスパートをくりかえしている。ふつうの人間なら、とうに倒れているだろう。だが、半サイノスのロルヴィクは、体内に蓄えたエネルギーを無意識に活性化することができるのだ。

最初の山の円形の頂上で、歩みをとめた。テラのヒマラヤ出身のロルヴィクにとっては、山というより丘のようなものだが。

周囲を見まわすと、次々に変化するオーロラの光のなか、黒い瘤《こぶ》のような丘がたくさんある。どれも外見はまったく同じ。

女王の城はどこだ？

その思考が信号を出したかのように、狩りの角笛の音が濃い空気を通って響いてきた。

チャム=バルの城の塔の番人が吹く角笛だ！

だが、この音はどこから？

拡散性の物質が、空中を漂いながらロルヴィクに追いついた。すぐ近くでしずかに舞っていてから、黒い山脈のなかにはいっていく。

細胞の群れだ！等間隔をたもつ各細胞が、長波長放射によりエモシオ的に結合している。長波長放射は各細胞間をいきかう情報媒体で、細胞が密に結合している有機体の場合と同じように、細胞間の調整と協調をはかっているのだ。ダライモク・ロルヴィクは理解した。細胞の群れは道を教えてくれている。青白い空ではオーロラがよろこびの踊りを踊りをあげ、そのあとを猛然と追いかけた。歓喜の叫びをあげ、そのあとを猛然と追いかけた。

女王よ！北の地がこれまでなかったほどはっきりと見えてきた。

ぼんやりとした記憶がよみがえってきた。おのれ自身でなく、ほかの者を助けると約束した記憶が。

その記憶はかれの動機を強化し……ふたたび潜在意識のなかにもどっていく。

突如として、操られているのではないかという気がしてきた。立ちどまり、風化と未知放射によって固化した灰の層と、黒い山脈の特定地点に集中しているオーロラの渦巻きを見る。空気の苦い味がして……

また記憶が遠ざかっていく。

ふたたび走り、よろめいた。オーロラはさらに明るさを増す。チベット人はいつのまにか、漏斗状の窪みの縁に立っていた。なかにある明るいグレイの金属の塊りがオーロラの光を反射し、人の目を眩惑する。

目の前に広大な精神の地平線が開けた。思考を未知宇宙に遠征させて手にいれた地平線である。すると、すべての意味がわかってきた。巨大なホワルゴニウムの中核部を持つ小惑星。未知乗員たちを乗せたヒトデ形の宇宙船。ブラボックの出現。同時に存在するはずがないのに存在するふたつの現実の融合。ダトミル＝ウルガンの不思議な生命体。そして、小惑星のホワルゴニウム核と対をなすもの……

＊

ガヴロ・ヤールは、チャム＝バルの塔の番人が吹く角笛をふたたび聞いた。

もはや立っていられない状態だったが、ふらふらしながら進む。頭上ではオーロラ現象がさらに強まり、光がらせん状に回転しながら地面すれすれまで達していた。

その光に照らされ、黒い山脈にある女王の城が天に向かって伸びている。星型の城の五つの角すべてに、あやしくきらめく銀色の塔があった。

「これからまいります、女王！」ヤールは叫んだ。

「ならぬ！」低い声がする。

《ソル》生まれは目に見えない壁につきあたったように、急停止した。ぐるりと一回転して、必死にようすをうかがう。

「そんなことをしても、わたしの姿は見えない、ガヴロ！」と、さっきと同じ声。

「チャム＝バルの女王を襲う悪魔だな！」ガヴロ・ヤールはそう決めつけて、「姿を見せろ。決闘しようじゃないか！」

「おまえが違う世界にいるかぎり、わたしの姿は見えない。おまえがここにくる道を見つけ、途中で殺されなかったのは奇蹟だ。宇宙生まれは、ダトミル＝ウルガンのような惑星では、生きのこるのはまれなのだが」

「宇宙生まれ……？」と、ヤール。ある記憶がよみがえりそうになったが、城の輝きに負けてふたたび色あせていく。

ヤールは目を細め、視線を落とすと、四つんばいになって城山を登りはじめる。突然、両手が金属製のかたいものに触れた。

さらに進もうとしたが、なにかにぶつかり転落。両手であたりを探ると、金属のようなものが手にあたる。手袋のセンサーが素手で触るのと同じ感覚を脳に伝えるのだ。

疲れはてて休憩し、震える手で耐圧ヘルメットのヴァイザーを閉じる。すると、ガラスの屈折によって女王の城のまばゆい放射にフィルターがかかり、周囲がはっきりと見えるようになったではないか。

　ヤールは一瞬、まわりをうかがってから、大股で数回ジャンプして、金属のような構造体からはなれた。目を見ひらき、あらためて構造体を観察。

「ロボットだ！」と、声をあげる。

　黒い岩からつきでているその構造体の全体像が見えるところまで、ゆっくり後退した。高さ十メートルのヒューマノイドの彫像のようなもので、黒い山脈と同じ材質でできている。違うのは、磨いたばかりのように輝いているところ。身につけている装備も、本体やヘルメットと同じ黒い材質だ。

　だが、よく似ているとはいえ、人間ではない明らかな証拠があった。人間の鼻のつけ根にあたる場所にこぶし大の目がひとつあるのだ。ルビーのように赤いクリスタル製で、顔の唯一の突起部でもある。それ以外はなにもない。

　ヤールの頭はすっかり混乱してしまった。記憶がよみがえってくるが、ふたたび神話のイメージに排除され、両者がごちゃまぜになってしまう。唇から苦悩のうめきがもれた。

「助けてくれ！」と、見えない存在に懇願する。

「おまえがもう見えない！」はるかかなたから声がした。さらに言葉がつづいたが、遠くに流れる小川のようにちいさい音だ。

ヤールはひざまずき、てのひらを左右のこめかみに押しあて、絶望の声をあげる。

だが、だれも助けてくれない。

絶望のどん底にある男にとって、影像は悪しきものの体現だった。チャム＝バルの女王にいたる道をふさぎ、女王の解放をじゃまする存在だ。ヤールの精神の目は、《モントロン》と書かれた球型船の姿をしたチャム＝バルの女王を何度か見た。だが、そのイメージはすぐに消えていく。

ヤールは絶望のあまり、悪の権化《ごんげ》を破壊し、この状態に終止符を打とうと決心した。ふたたび立ちあがり、数歩後退すると、インパルス銃を出し、こぶし大の目を狙って撃つ。

明るいエネルギー放射は目を直撃し、そのなかに消えた。数秒後、ルビー色の目が内側からどぎつい光をはなつ。ガヴロ・ヤールはまぶしさのあまり武器をとりおとし、大声で叫んで両手で顔をおおった。

〝影像〟のまわりの岩が音をたてて割れて飛びちり、巨大な人影が起きあがって女王の城の方向に向かう。だが、ヤールはそれを見なかった。

ロボットが左手を動かすのも。

感じたのは、頭と胸に強烈な一撃を食らったことのみ……それから先は、なにもわからなくなった。

8

寝そべったりしゃがんだりしているわれわれの青白い顔を、ヘルメット・ランプの光が照らしだす。ここは純ホワルゴニウムでできた小惑星の内部にある巨大な空洞だ。

フィンダー・ラパシュと目があった。なにを考えているかはよくわかる。複数の可能性について、考えをめぐらせているのだ。

欠落したぶんの質量が予想より早く五次元性連続体からもどり、萎縮泡を隙間なく埋めたらどうなるか。われわれは即死だ。だがその場合でも、亡骸がどのような状態になるのかなど、考えることはたくさんある。

欠落部分がそれほど早くもどらないとなると、べつの可能性がありうる。シャルルマーニュは遠くから双曲線を描くように進入し、水面に平たい石を水平に投げたときのように、惑星の大気圏に接触してはじかれるかもしれない。その場合、われわれは昆虫惑星から永遠にはなれ、やがてミイラ化し、恒星近傍で燃えつきるだろう。

それに対して急角度で進入した場合には、シャルルマーニュは急激に熱を帯び、多孔質岩石でできた外側は爆発時のように破裂してしまう。遮蔽層としての機能ははたせないということ。ホワルゴニウム核は非常に高温になる可能性が高く、われわれは灰になって惑星に到着するのがおちだ。

シャルルマーニュが回転し、空洞への入口が最初に大気圏に飛びこむ可能性もある。結果がどうなるのかは、これまで述べた可能性ほど正確に予測できない。だが、われわれがいずれ死ぬのはまちがいないだろう。

右側に気配を感じた。コルダ・ストークが近づいてきたのだ。

「事態が理想的に運んだとしても、やっぱりかなり大変よね？」と、たずねてくる。

わたしはなだめるようにほほえみかけ、

「それほどでもないさ、コルダ。百秒ほど高重力に耐えなければならないかもしれないが、生きて乗りこえられ……」

シャルルマーニュにはげしい衝撃がはしる。われわれはいりみだれて倒れた。小惑星が振り子運動をしているようだ。ヘルメット・テレカムから叫び声が聞こえたが、それ以外は《ソル》生まれ五十名は冷静だった。

さ、はじまるぞ！

われわれはすでに惑星の熱圏にいるにちがいない。どのくらいの高度から熱圏がはじまるのかはもちろん知らないが、地球とは事情が異なるだろう。なにしろ、地球とくらべると大気がずっと高密度なのだから。高度百五十キロメートルあたりで大気圏にはいったのかもしれない。あるいは〝投げとばされた〟可能性もある。

二回めの衝撃で、シャルルマーニュがはじかれなかったことがわかった。衝撃につづいて重力がくわわったが、まだ苦痛ではない。

「これまでのところは大丈夫！」わたしはヘルメット・テレカムで仲間に、「中間圏界面をゆるやかな角度で飛んでいるようだ。全員が生きのこれるかもしれないぞ」

「でも、これは宇宙船じゃないわ！」名前を知らない宙航士がいった。

わたしは笑って、

「ネアンデルタール人は、もっともろい構造体に乗って宇宙から地球に投げだされたんだぞ。やはり駆動装置を使わず、盾のようなかたちの宇宙カプセル下面で制動した」

「ネアンデルタール人ですって！」と、怒っているのはイーウォ・カーチだ。声でわかった。人類史を学んでいる学生で、戦場設計者でもある。「かれら、もっとも原始的なテレビすら知らなかったのよ！」

「でも、コーヒーはつくれたさ！」そういって、自分のベルトにさげたでこぼこの缶をたたく。わたしはほとんど有頂天だった。これまで確認したすべての徴候が、計画の成功を示唆《しさ》していたから。「わたしがいっているのは、ほんもののネアンデルタール人じゃなくて、二十世紀の類人猿のことだ」

数名が荒い息をしていた。重力は二Gに達したかもしれない。わたしの計算が正しいのなら、七Gまで上昇する。そののち百秒以内に、高度四十から六十キロメートルで、われわれの運動エネルギーは摩擦によって相殺されるだろう。

高まる重力によって、からだが地面や洞窟の壁面に押しつけられる。多孔質岩石でできた〝カバー〟が、原理的には先史時代の宇宙カプセルの熱遮蔽シールドと同じ作用をするはずなのだが。岩石が急に剝離《はくり》したりせず、大気圏との摩擦で数千度に加熱された表面が液状化しないと困る。シャルルマーニュの衝撃波前線のうしろにある層はプラズマ状態になるにちがいない。つまり、ガス状ということ。それによって、液体層とガス層の中間層から、転換された熱エネルギーの八十パーセントが周囲の大気圏に放出される。

「うっぷ！」重力が六Gまで増加したとき、だれかがいった。

「うっぷ、うっぷ、うっぷ！」あちこちのヘルメット・テレカムから押しころした声がする。からだにくわわる負荷は大きいが、全員の気分は高揚していた。死の恐怖から逃げだすため、または死と冷静に向きあうため、やせがまんして悪ふざけしている。とてつもない重力で肺を圧迫され、音が出てしまった《ソル》生まれたちが、ブラックフットをからかったのである。

重力が急速に低下したとき、わたしは何回も深呼吸してからいった。

「いまだ！　長くここにいれば、速度がつきすぎる。シャルルマーニュの運動エネルギーは、いまこの瞬間からまた増加するぞ。制動パラシュートがないからな」

「つまり、ここから出るということですか？」フィンダー・ラパシュが質問した。

「命が惜しかったら、この転落中の小惑星からジャンプするんだ。できるだけ早く！」

わたしは短い岩棚を急いでよじのぼり、開口部に出た。なぜ〝よじのぼり〟かというと、無重力の一秒間がすぎたとたん、惑星の引力がはっきりと感じられるようになったからである。

《ソル》生まれ全員が空洞からはなれるのを、開口部でフィンダーとともに見守った。四十九名ぜんぶ数えたとき、フィンダーがわたしに手ぶりで先にジャンプするよう指示。

わたしはかぶりを振り、かれのベルトをつかんで正しい射出位置に立たせると、キックして押しだした。

「居酒屋から最後に出るのは、あるじだからな！」フィンダーのうしろ姿にそう叫んでから、自分もジャンプ。

シャルルマーニュからはなれると、飛翔装置のスイッチをいれ、《ソル》生まれの群れにくわわる。

てっきり歓呼と祝福に迎えられると思っていたが、わたしを迎えたのは氷のような沈黙だった。

宙航士二名がわたしをつかみ、群れのなかに押しこむ。まるで、わたしがいなくなるのを恐れたかのように。かれらの顔に驚愕の色があり、それが消えるまでには時間がかかった。

「いったいどうしたんだ？」と、たずねる。

「セネカにかけて！」と、フィンダー・ラパシュ。「あなたがジャンプした瞬間、開口部がまた閉じたんです。気づかなかったので、タッチャー？」

一分ほど茫然としていたが、それから震えがきた。タッチの差で死をまぬがれたということ。これまでも、火星人特有の機転、幸運、自信で数多くの危険を克服してきたわたしだが。

「でも、こうやって生きているさ！」すこしおちついてから、ようやくいう。

「うっぷ！」と、カヴェル・タバコ・ブラックフットが答えた。

＊

《モントロン》の宙航士たちは息をのんだ。夕方の空に、赤みがかったゴールドの恒星も色あせて見えるほど明るく光る火の玉があらわれたからである。

火の玉は高度二十キロメートルで、昆虫生物の都市、ジャングル、黄土色の山脈、

《モントロン》の上空をたちまち通過し、北東の地平線の向こうに姿を消した。

地平線のかなたでどぎつく光る炎があがり、爆発音と圧力波が到達するのに、長くはかからなかった。地上を浮遊する飛翔戦車は圧力波をうけて旋回し、その一部は衝突したり墜落したりする始末だ。

《モントロン》までが、弾力性のある着陸脚の上で左右に揺れた。山々の乾燥した黄土が巨大な土埃の雲となって空に巻きあげられ、町のようすがわからなくなる。だがその直後、自動監視ゾンデが映像を送ってきた。

圧力波は、町にはさしたる被害をもたらさなかったらしい。建物はどれも頑丈で、変形可能な余裕が確保されているからだ。おそらく、隕石がすぐ近くに落下して起こる振動にも、ある程度までは耐えられる設計なのだろう。二百キロメートルはなれた場所からの圧力波がそれほど問題になることはなかった。

だが、振動波はそうはいかない。数億トン級の隕石が惑星に衝突すると、すぐ近くばかりでなく、数百キロメートルはなれた場所にも潰滅的な被害をもたらすのである。

最初は昆虫都市の家々や橋がダンスを踊っているように見えた。次に、それらがスローモーション映像のようにゆっくりと倒壊し、無数の昆虫生物が下敷きになる。崩落した橋の瓦礫《がれき》が川をせきとめ、氾濫が起きた。

《モントロン》は地面に押しつぶされ、その拍子にすべての着陸脚が折れてしまった。

ほかのソラナーたちといっしょに《モントロン》にもどっていたドゥネマン・ハルクラスは、狂ったようにスイッチを切りかえ、反重力プロジェクターの出力を安定させようとしている。艦載ポジトロニクスが正常なら、レギュレーター一基を動かせばすむことなのだが。主ポジトロニクスがレギュレーターの作動インパルスをうけとり、機器類を遠隔制御するからである。

《モントロン》がボールのように地面を転がって振動波で投げだされそうになる寸前、ハルクラスは制御に成功。軽巡洋艦は紐のないゴム風船のように、ふわりとスタートした。

航法士は汗びっしょりで、

「シャルルマーニュはここから北東二百キロメートルのところに墜落するんじゃなかったのか？　測定と分析をしたのは、どこのどいつだ？」と、いきりたっている。

「わたしだ」と、スターソン・ククロウがいった。「数値はあっていた。シャルルマーニュの質量が墜落中に変化したか、または外部からの影響をこうむったのだろう」

「それに、シャルルマーニュが予想より近くに落下したかどうか確認していないが」と、リーパー・ヘインツェ。

「近くよ！」ヒーラ・クーセン＝レングテン。「落下した地点はここから北東に九十キロメートルしかはなれていないわ。すぐに捜索部隊を送らないと！」

だれも反応しなかった。シャルルマーニュにいた宙航士五十名の亡骸が、惑星のひろい範囲に散乱したのは明らか……それがのこっていればの話だが。つまり、墜落地点に捜索コマンドを送ったところで意味がない。それでも、せめて一部隊は出すことになるだろう。人間は、たとえ合理的な理由がなくても希望をいだきつづける生物だからだ。希望がかなうことも、ときにはある。

「町の住民のために救助隊を組織しなければ」と、スタニア・ファイ＝ティエング。「ガヴロがここにいたら、やはりそうするでしょう。かれがしたように行動するのよ。わたしたちの支援が平和的折衝の第一歩になるわ。救助隊の装備はパラライザーだけにしてちょうだい」

「平和的折衝を望むなら、なぜ武装するんだ？」リスター・パゴルニスがきく。

「昆虫生物は、こちらが支援しにきたことを知らないもの。おなかを切り裂かれるくらいなら、原住種族を何人か麻痺させたほうがいいわ！」スタニアが辛辣《しんらつ》な口調でいった。

＊

《ソル》生まれのリーダーが黒い山脈にあらわれたのを見て、ダライモク・ロルヴィクは目を疑った。

ガヴロ・ヤールはどうやって、この辺鄙《へんぴ》な土地にやってきたのか？　ありとあらゆる生命体が貪欲に牙をむく北の沼の藪を通って。

だが、その叫び声でわかった。ガヴロも仮想の女王の呼び声におびきよせられたのだ。いまだにその呪縛からぬけだせないらしい。

いったいどんな呪縛なんだ？　ロルヴィクは自問した。自分は未知存在に呪縛されてはいない。むしろ、べつの時代のイメージ世界にはいりこむには、かなりの努力を要したもの。

だが、ガヴロ・ヤールのように超心理的感覚がない者には無理だろう……外からの影響がないかぎり。

ブラボックが関係しているのか？

ダライモク・ロルヴィクはその疑問をみずから否定した。ブラボックはおのれの目的のために行動しており、純粋な友情から自分を助けたわけではない。ガヴロ・ヤールのような門外漢がからんできたら、計画がうまくいかなくなるはず。

つまり、第三の力が働いたということ！

ロルヴィクはガヴロをおちつかせようとした。だが、《ソル》生まれは思いどおりに反応しない。その直後、チベット人の意識はふたたびあの、おのれに押しつけられたイメージ世界にはいりこんだ。とっくにすぎさった現実のなかの世界だが、その残像が次の時代にのこったのである。なんらかの意志が背後で働いているのかどうかはわからない。

ガヴロ・ヤールが出現した謎は依然として解けないままだ。《ソル》生まれがショック反応を起こし、巨大ロボットを呼びさましたとき、ロルヴィクはようやく理解したもの……ふたつの異なる時代からきた二勢力の残像が存在しているのだと。すくなくとも一方の勢力は、相手を閉めだすための道具として人間を利用したらしい。

なんと無意味な！　おそらく、過去になんらかの対立が勃発し、その残像だけがのこったのだろう。だが、その対立はとっくに終わって忘れさられている。後世になにが起こったとしても、数十億年も前の出来ごとは変えられない。

ふたつの残像はたぶん、ダトミル＝ウルガンに甚大な被害をひきおこすだろう。わたしはここにいて、そのなりゆきを見守ることになる！　だが、なにもできない！

「くそ火星人のやつ、必要なときにかぎって、なぜいない！」と、ロルヴィクは悪態をつく。

そのときテレカムが鳴り、アルビノは縮みあがった。ほぼ機械的な動作でスイッチをいれる。

「こちら《モントロン》のネビュラ・キング！」スピーカーから声がした。「タッチャー・ア・ハイヌなる人物が、ダライモク・ロルヴィクを呼びだせとのことです。ア・ハイヌはシャルルマーニュから《ソル》生まれ五十名を救出し、まだ地上十二キロメートルの高度で……」

「なんてこった！」ロルヴィクはどなる。

ややあって、ネビュラ・キングの無愛想な声がした。

「どなたですか？　ひょっとして、ミスタ・ロルヴィク？」

「あたりまえだ！」と、チベット人。タッチャーの救出劇を知って有頂天なのを気づかれまいとしながら、「その能なし火星人が例の小惑星から宙航士たちを助けたといいはっているなら、大嘘さ！　助けたのは、このわたしだ。ブラボックと約束したんだからな」

「ブラボック？」と、ネビュラがたずねる。

「ああ……そいつは、その……じつは……あとからくわしく説明しよう」ダライモク・ロルヴィクはしどろもどろでいいつくろった。この〝ラウンド〟は敗北したも同然だ。あの羽根生物がシャルルマーニュの宙航士たちを助けると約束したことを説明しても、だれも信じないだろう。ましてや、ブラボックの実体は、チャム＝バルの救世主の精神的使者であり、かつてはシクヘル＝バルントの虜囚だったといっても。

「よく聞いてください、ミスタ・ロルヴィク！」ネビュラ・キングのいらだった声がする。「ミスタ・ア・ハイヌは、宙航士救出のために自分をシャルルマーニュに送りこんだのはあなただといっています。でも、時間的経過をたどると、あの悲劇が起こるよりずっと前に、ミスタ・ア・ハイヌは救命カプセルで出発している。もしそうなら、シャルルマーニュでなにが起こるか、あなたは事前に知っていたということ。すぐに《モントロン》にきてください。ガヴロ失踪後のリーダー、スタニア・ファイ＝ティエングの指示です！」

「そうはいかないんだ！」と、ダライモク・ロルヴィク。「まず、きみたちのガヴロを助けなきゃならん。あいつはいま地獄の一丁目にいるのでね。黒い山脈に女王の城があると思いこんでいる」

「黒い山脈に？」ネビュラ・キングが反復した。「それはあぶないところでしたね。小惑星はそこに墜落するはずでした」

「もう墜落したのか？」と、チベット人。いまの時代の現実世界にいたなら、それに気づいたはずだったが。

「墜落したのか、ですって？」ネビュラが叫ぶ。「昆虫都市全体が振動波の影響で倒壊したんですよ」

「ということは、わたしはここにいないことになる！」ロルヴィクは驚愕して、「それじゃ、きみと話ができるのはなぜなんだ、お嬢さん？」

ブラボックはなんといっていたっけ？

〝すべてはひとつ。だが、あなたはなにも見ていない。わたしもなにも見ていない。だが、それも存在の意味というもの……〟

「あの……」といいかけたネビュラ・キングを、チベット人がさえぎった。

「伝言をたのみたいんだが。タッチャー、またの名を火星の砂埃吸引機、大嘘つき、誹謗者、サディストに……」

すると、ヘルメット・テレカムが沈黙してしまった。これもきっと火星人の陰謀にちがいない。ロルヴィクは憤慨したが、こうして感情を爆発させたおかげで、多次元エネルギーへの入口が開いた。かぎられた範囲ではあるが、自分自身の法則にしたがい、思うとおりにものを動かすことができるようになる。

ちょうど、巨大ロボットが純ホワルゴニウムのヒトデ形大鉱脈に達したところだ。ガラスのようなグリーンの物質を胴体の中心部からまきちらしている。予期しなかったハイパー次元エネルギーの直撃がこたえたらしい。

すさまじい音をたて、火花を散らしながら、ロボットは屑鉄の山と化した。

ダライモク・ロルヴィクはほっとしたが、鋭い口笛のような音を聞いて、自分とガヴロ・ヤールが助かるためには一分もむだにできないと知る。ブラボックはタッチャー・ア・ハイヌと宙航士五十名を助けるため、すでに行動に出ていたらしい。おかげで、間接的にせよ、タッチャーがこちらとコンタクトすることになり、その結果、ロルヴィクに感情の爆発が起こったのである。あれがなければ、超能力を回復できなかっただろう。

巨大ロボットを破壊できたのも、そのおかげだ。一方はシャルルマーニュ、もう一方は黒い山脈にあったホワルゴニウム塊ふたつを結合する道を開くことにも成功した。

南の地平線のあたりでなにかが空中を移動している。オーロラのカーテンを通過し、その光を反射しながら。シャルルマーニュの中核を形成していたホワルゴニウムだ。そのまま飛行をつづけ、数分後には黒い山脈に衝突するだろう。

ダライモク・ロルヴィクは意識を失っているガヴロ・ヤールのところに急ぎ、肩にかついだ。時空リレーションを一時的に解除して《バタフライ》に移動。数秒後、スペース＝ジェットはオーロラの空へと飛びたった。純ホワルゴニウム数億トンでできたヒトデ形の巨塊をかすめるようにして……

9

《モントロン》は自在に制御できるようになった。巨大ロボットが破壊された瞬間からだ。もちろん、軽巡洋艦の乗員たちはそれを知らなかったが。

《ソル》生まれたちはこの好機を逃さず、昆虫生物の救援に向かった。特務チームが大急ぎで主ポジトロニクスに情報をいれなおし、再プログラミングしなければならないような状態だったが、それでも球型艦は町の上空に移動することに成功。振動波により最悪の被害をこうむり、救援活動が困難をきわめていた場所で、フィールド・プロジェクターや牽引ビームなどを有効に使うことができた。

昆虫たちは驚愕し、攻撃をしかけてきたが、原始的な武器では宙航士たちに歯がたたない。

宙航士たちが女王の塔の瓦礫をていねいに撤去し、生き埋めになった女王の捜索を開始すると、昆虫たちは攻撃をやめた。人間が救助にきたのを理解したからではない。瓦礫の上で戦うと、女王が負傷したり死亡したりする恐れがあるからである。

瓦礫の隙間に昆虫の女王を発見した宙航士たちは、抵抗されるのを心配した。

だが、それは杞憂《きゆう》に終わる。女王は抵抗しなかったばかりでなく、フィールド・プロジェクターに守られながら、救援隊が掘った曲がりくねったトンネルを自分で歩いてきたのである。

女王が自分よりずっとちいさな宙航士四名にガードされて外に出てきた瞬間、さらにふたつの大きな出来ごとが起きた。

飛翔装置をつけた宙航士五十一名が町の瓦礫のあいだに降りたったのだ。ヘルメットを開いてかぐわしい空気を深呼吸している。気圧は《ソル》や《モントロン》の三倍だったが、宇宙服の内圧をあげることによって、すでに徐々にからだを慣らしていた。

第二の出来ごとは、ダライモク・ロルヴィクとガヴロ・ヤールの乗ったスペース＝ジェット《バタフライ》が到着したことである。

ふたりが円盤艇を出て斜路をおりてきたとき、見ていた人間たちはびっくりした。斜路は特別な場合にしか使用しないからだ。通常、宙航士は反重力フィールドを使って出いりするもの。

だが、その理由はすぐにわかった。

ふたりのあいだに、女王とほぼ同じ大きさと骨格の昆虫生物がいる。違うのは背中の卵嚢《らんのう》がちいさいことだけ。

ダライモク・ロルヴィクは、気を失ったガヴロを乗せてスペース＝ジェットでもどる途中、白い断崖の近くで道に迷っていた昆虫生物を発見したのだ。シャルルマーニュのホワルゴニウム核が墜落する危険が迫っていたため、その生物を説得し、シャク＝ゴル＝タリフまで連れてくることにしたという。

スタニア・ファイ＝ティエングが怪訝な顔でたずねた。未知生物の言語がわからないのに、どうやって説得したのかと。

「それは可能さ」と、ガヴロ・ヤール。「三つのコミュニケーション・レベルを総動員すればね。テレパシーとジェスチャーとポジトロニクス翻訳だ。わたしはテレパスではないが、ドラニアはわたしの思考の一部を理解できるらしい。それだけでも対話はかなりうまくいった」

ガヴロは統治女王のほうに向かった。ダライモク・ロルヴィクは宙航士たちに自分の体験を説明する。ダトミル＝ウルガンのこと、シャク＝ゴル＝タリフのこと、ホワルゴニウム塊のこと、ロボットのこと、ヒトデ形の宇宙船に乗った生物のこと……

「昆虫生物は自分たちのことをアンスク人と呼んでいる」と、ロルヴィク。

「女王の名はブルイルダナだ」ガヴロ・ヤールが補足した。

ブルイルダナの前に進みでたガヴロは一礼し、トランスレーターのスイッチをいれて会話する。

ロルヴィクは舌を巻いた。ガヴロが人間とはまったく違うメンタリティと考え方をもつ生物と、たくみに意思疎通をはかったからだ。

まったく異なる両者のあいだで活発な〝会話〟がはじまるまでに、それほど長くはかからなかった。《ソル》生まれたちは、家を失い負傷したアンスク人のための救援活動を続行中である。

ダトミル＝ウルガン以外の場所にもアンスク人はいるのかとヤールがたずねると、女王は肯定した。大昔、アンスク人の一氏族が神々に襲われ、星々のかなたの地に連れさられたという伝説があるらしい。

ブルイルダナ自身、ずっとその話をたんなる伝説だと思ってきたが、最近になって、自分のプシオン性オーラの一部は、星々のかなたの地にいるアンスク人からくると感じるようになったという。

ガヴロ・ヤールはうなずいて、

「星々のかなたの地にいるあなたの同族は、なにか重要なものを見張っているようです、ブルイルダナ。でも、われわれ人間はそれをどうしても手にいれなければなりません。そうすれば、星々のかなたの地にいるほかの多くの種族を救えるからです。

友のひとりペリー・ローダンは、われわれが《パン＝タウ＝ラ》と呼んでいるものを救うために出発しました。ところが、事情を知らないあなたの同族に捕らえられたのです。あるいは罠におびきよせられたのかもしれない。くわしいことはわかりません。ペリー・ローダンとその一行のために力になってくれませんか、ブルイルダナ？」

「女王がローダンのためになにかできるのか、タッチャー？」と、ロルヴィクが火星人にささやく。「たしかに同族だろうが、女王は向こうのアンスク人を知らないんだぞ。そろそろ、こんなおふざけはやめないと」

ロルヴィクは《ソル》と《バジス》のかくれ場にもどろうとガヴロを説得した。ところが驚いたことに、ガヴロはほほえんでこういうではないか。

「ブルイルダナはペリー・ローダンの力になると約束してくれました。きっとできると〝確信〟しましたよ」

「セネカの論理セクターと《ソル》の生命維持システムに対する〝確信〟のほうはどうなったんだ！」ロルヴィクがぶっきらぼうにいった。「いっしょにこい！　それとも、行進曲でも演奏してやろうか」

ガヴロ・ヤールはかぶりを振り、しずかにいった。

「その前に、ブルイルダナのためにやることがありまして、ミスタ・ロルヴィク。ホワルゴニウムの放射が女王のオーラに悪影響をあたえているのです。これがつづけばカタストロフィを招きかねません。もっとまずいのは、ブルイルダナが自信を喪失し、歳をとりすぎてオーラを出せなくなったと思っていること。事態が好転しなければ自殺するつもりです」

「女王の後継者は？」と、ダライモク・ロルヴィク。

「ドラニアです」ガヴロは答える。その身ぶりと思考を、ブルイルダナがじっと観察していた。

　ロルヴィクは若い女王のほうを長いこと見ていたが、かぶりを振って、

「ブルイルダナの自殺は意味がない。ドラニアのオーラも、ブルイルダナと同じようにホワルゴニウムの放射によって弱っているはず。もう一度あの場所にもどらなければならないようだな、ガヴロ」

*

「ばかなことをするな、タッチャー！」ダライモク・ロルヴィクがわたしを叱りつけた。

「なにもしていませんよ、ダライモク」と、応じる。ほんとうにそうなのだ。なにしろ、マイセリーデンの霧の糸につかまって、どうやったら脱出できるかとほうにくれているところなのだから。

「じゃ、熱い針でわたしの脳みそをつついているのはだれなんだ？」チベット人がののしる。シャルルマーニュのホワルゴニウム核がすぐ近くに出現していた。この巨大な塊りの〝二回めの〟墜落は、しずかに終わったということ。

「そんなこと、できません！」と、わたしは叫び、霧の糸にからめとられた両手を高くあげた。「脳みそは《ソル》に置いてきたんじゃありませんか。薬草ボンボンがはいっているちいさな缶のなかに」

「火星の豚め！」ミュータントがどなった。「あんたを助けようとしているのに！」

「じゃ、なぜ助けてくれないんです？」と、わたし。霧の糸の分泌物が、すでに宇宙服の二層めを腐食しはじめている。

だが、ダライモク・ロルヴィクはそれ以上答えなかった。両腕を振りまわし、こういったのである。

「やっときてくれたか、ブラボック。ずっと待っていたんだぞ。われわれ、おたがいに助けあったが、ダトミル＝ウルガンがわれわれどちらの惑星でもないことを忘れておった」

「だれと話しているんです、ロルヴィク？」と、ガヴロ・ヤール。わたしのいるところからは見えないが。

「で、きみが……いや、きみたちがやってくれるんだろうな？」と、ロルヴィク。幻覚と話をしているのだろうか。「これは無私の行為だ。チャム＝バルの救世主とメルガテン銀河のクイン＝ツウェングは、本当は居住したかったこの惑星を進んで去り、理想の世界をふたたび見つけるまで、五次元連続体のハイパーバリーのなかをさまよっている……アンスク人を破滅から救う、それだけのために。そのことを、昆虫生命体はあとから知るだろう」

たちどころにホワルゴニウムが消えた。わたしはマイセリーデンの霧の糸のカーテンからほうりだされ、ロルヴィクの大きなお尻に衝突し、気がついたときには、ダトミル＝ウルガンもアンスク人も赤みがかったゴールドの恒星も見えなくなっていた。ダライモク・ロルヴィクの説明によれば、ブルイルダナのオーラはよみがえり、ドラニアは従者とともに故郷にもどったとのこと。

さらに、われわれは二赤色恒星に向かって飛行中で、ウィンガーの涙滴型宇宙船の集中砲火にさらされる危険があるという。

わたしは跳びあがって探知スクリーンを見た。《バタフライ》はちょうどリニア空間から出たところらしい。ウィンガー船はすぐ近くにはいないが、二赤色恒星の近傍で編隊を組んで集結している。二恒星を対探知の楯にしている《ソル》と《バジス》は安泰ではいられないはず。

軽巡洋艦《モントロン》は、われわれのななめ前方を飛行中だ。

「ソラナーたちはわれわれのうしろを飛行してもらわないと！」と、わたし。

「どうかしているんじゃないか！」と、死人のように真っ白な肌の怪物はこちらをにらみ、赤い目をぎょろつかせて、「誇大妄想だといっているんだ！」

「それじゃ、わたしがガヴロにいいます!」

ダライモク・ロルヴィクは自分の成型シートにすわったまま、横にいるわたしに一発お見舞いしようとする。まだ壊れていない電流ショック装置に触ったのを見て、わたしは冷静にスイッチをいれた。短いインターヴァルに設定されているのをさっき発見したのである。

チベット人はじたばた暴れた。三ダースの小人に羽毛の束で足の裏をくすぐられているようだ。

「チベットの脂ぎった大男が、三十ボルトくらいでなんと大げさな!」と、わたし。

「三……三……千……千……だ……ろ……う!」

「ははは!」と、いった瞬間、死ぬほど驚いた。高圧電流を三十ボルトにするはずの変圧器が、接続部がちぎれた状態でコクピットの床に転がっている。大急ぎで電流をとめた。ダライモク・ロルヴィクはあえぎながらシートにもたれかかっている。息たえだえだったのも、うなずけるというもの。

ロルヴィクがまだ茫然としている隙に、わたしはハイパーカムで《モントロン》のガヴロ・ヤールを呼びだした。

「すこし減速してくれ、ガヴロ! 《バタフライ》が先導するから」

「われわれが後方から援護するということで、タッチャー?」と、《ソル》生まれがたずねる。

「このわたしがほかの連中に、火中の〝ジャガイモ〟をひろわせるとでも思っているのか？」と、どなった。

「ジャガイモ？」ヤールがきょとんとしていう。

「土のなかで育つでんぷんの塊りだよ」と、教えた。「惑星でね」

「土のなかで？」かれは驚いたらしく、「まさか！」

わたしはもういい、というしぐさで、

「減速するんだ。ウィンガーに追われているわけじゃあるまいし。こちらが前に出るぞ」

「了解、タッチャー」と、ガヴロ・ヤール。「それができるのなら」

「小惑星を改造し、五十一名が乗る宇宙カプセルにした、このわたしだ……！」そう強がってはみたものの、もはや気もそぞろである。

ハイパーカムを切って、わたしはいった。

「マックス、音楽を流してくれないか？」

「あなたのためならやりますよ、タッチャー」艇載ポジトロニクスが答える。「どんな音楽を？」

「気分を高揚させるようなのがいいな」と、わたし。

「まかせてください!」と、マックス。「わたしと同名のマックス・レーガー、〝オルガンのための幻想曲とフーガ〟です……力をこめて!」

そのとおりになった。ハイパーカムの受信機のスイッチをいれると、大音量の音があふれでて、なにがなにやらわからなくなる。

探知スクリーンを見たわたしは、《バタフライ》が《モントロン》を追いぬいたことを確認。われわれのわずか数光秒前方で、数百隻のウィンガー船が移動している。《バタフライ》と《モントロン》が連星系をめざしているコースに向かって。

「明るい音楽を!」と、わたし。

音楽がひときわ明るくなった。

と、そのオルガンの響きにあわせたように、ウィンガー船が閲兵式のごとく両側に整列するではないか。

ガヴロ・ヤールが呼びかけてきた。

「まさか、あのあいだを通りぬけるんじゃないでしょうね、タッチャー! ウィンガーに撃ちおとされて、ばらばらにされますよ!」

わたしはうなずく。

「ああ、たしかに」と、冷静をよそおい、「だが、かれらにその気があるかどうかだ」

《バタフライ》が隊列のなかに突入したとき、わたしは唇をかたく結んだ。数千もの砲ロがわれわれの華奢《きゃしゃ》な宇宙船に向けられる。数十万キロメートル飛行したころには、aクラス火星人にはめずらしく汗びっしょりになってしまった。

《バタフライ》がウィンガー船の隊列をぬけ、二赤色恒星のあいだに進入したとき、ダライモク・ロルヴィクが起きあがり、大声を出した。

「ラジオのヴォリュームを大きくしたのはだれだ！」と、ふらふらしながら立ちあがり、ポケットからコード・インパルス送信機を出して、マックスを一時停止するコードを送信する。

オルガン音楽が突然とまった。

わたしは胸騒ぎがして振りかえる。

《モントロン》は隊列のあいだをまだ完全に通りぬけていない。ところが、ウィンガー船は渦巻きのような動きをしていた。一部の宇宙船が軽巡洋艦の行く手をさえぎったが、その動きには秩序がなく、たがいにじゃましあう始末。おかげで《モントロン》は安全な場所に逃れることができた。

わたしは憤慨して怪物をじっと見ると、

「だいなしですよ、ロルヴィク！　ウィンガーから芸術の楽しみを奪ったんですから。きっとかれらは感情を害して、これからはテラの音楽作品を聞かず、自分たちの横笛音楽を押しつけてくるでしょうな」

チベット人が不敵な笑いを浮かべる。こんなことなら、さっき電流を切らなければよかった！

だがともかく、やることはやったのだ。ロルヴィクとわたしは《バジス》に飛行し、ソラナーたちは《ソル》にもどるだろう。

ガヴロ・ヤールの活躍が、いくらかでもペリー・ローダンと〝サスコーン〟たちの助けになったかどうか、知りたいものだが……

エピローグ

ペリー・ローダンは頭をあげ、信じられないように目の前の通廊を見た。ついさっきまで、敵の攻撃を恐れていたのだが。

振りむき、ななめうしろにいるアラスカ・シェーデレーアを見て、

「撤退したらしい！」と、息を切らしながら叫ぶ。「あらゆる点で向こうのほうが有利だったのに」

「信じられん」と、アトラン。身をかくしていたアルコーヴに立っている。「昆虫の末裔がまったく異なるメンタリティの持ち主だということを、忘れてはならんな」

アラスカ・シェーデレーアは銃身をさげて、

「奇蹟です」と、ため息をついた。「奇蹟以外のなにものでもありません」

《ソル》破壊工作

マリアンネ・シドウ

登場人物

レジナルド・ブル……………………ローダンの代行
ジェント・カンタル…………………《バジス》船長
イルミナ・コチストワ………………メタバイオ変換能力者
グッキー………………………………ネズミ＝ビーバー
ジョスカン・ヘルムート……………ソラナー。サイバネティカー
ガヴロ・ヤール………………………ソラナー。宇宙生物学者
スターファイア………………………ソラナーの子供
フェザーゲーム………………………スターファイアの双子のきょうだい
ドウク・ラングル……………………テルムの女帝の研究者

1

「見てみろよ」と、レジナルド・ブルが不機嫌な顔でつぶやいた。「あいつら、備蓄の食糧をがつがつ食べている。補給の心配などないといわんばかりに」

「パーティがつづいているうちは、ばかなことをしないから安心です」と、ジェント・カンタル。「かれらは本気で思っているんですよ。備蓄はすぐに補えるって」

ブリーは苦い顔で押しだまり、複数のスクリーンにうつしだされた光景をあきれて見る。

《ソル》生まれたちは、すっかりはめをはずしていた。ガヴロ・ヤールの一行がもどって以来、《ソル》船内を独特の雰囲気が支配している。テラナーの〝疎開〟は終了して全員が《バジス》に移った。ブリーとカンタルだけが、ガヴロ・ヤールのからかい半分の表現を借りれば、〝ローダンの代理人〟としてのこっている。居心地がいいはずがない。ふたりは中央本体の司令室近くの一室にいて、なりゆきをひたすら見守っている。いまの状況では、《ソル》生まれになにかを禁じても効果はないだろう。むしろ、不用意な挙に出ればテラナーに対する敵意をむきだしにするのがおちだ。

「いまにあわてるぞ」しばらくして、ブリーはいった。「備蓄はあとすこしで切れる。だが、ここチューシクでは惑星で新鮮な食糧を調達する許可が出ないだろう。ウィンガーはテラナーと《ソル》生まれの違いがわからないから」

「あなたは問題を正しく把握していませんね」と、カンタルは平静だ。「ソラナーは新鮮な食糧には関心がないのですよ」

「あれを見てみろ!」ブリーはうなり、スクリーンをさししめす。

《ソル》生まれたちが倉庫の前にスタンドをつくっていた。ロボットがひっぱりだしてきた肉と果物を使い、さまざまな料理が自動供給されている。ソラナーは皿からたっぷりと食べ物をとり、満腹になってもまだ食べつづけているらしい。ブリーは本気でかれらの胃が悪くなるように祈った。そうすれば、こうした飽食三昧《ざんまい》は当分なくなるだろうから。

《ソル》船内はどこでも似たようなパーティが開かれていた。食べかつ飲み、大音量の音楽を流しながら。金属壁の外側に《バジス》とウィンガー艦隊がいることも忘れたようだ。ウィンガーは、自分たちの支配領域でガヴロ・ヤールが恥知らずな行動をしているのを知ったら、怒りだすにちがいない。ワインも豪勢にふるまわれているが、人々がこぞって消費するのは、少量しかない貴重な在庫のほうだった。船内では生産できないほんもののワインである。

「かれらの顔を見てごらんなさい」ジェント・カンタルがブリーにいった。

「なにか気づいたことがあるのか？」

「よろこんで食べてはいません。やっとのことで、のみこんでいますよ」

「新鮮な肉をつめこみすぎて窒息しそうじゃないか」ブリーは憤慨する。「あの肉を調達するのに、どれほど苦労したことか……」

「あなたはこの宇宙船にわたしよりも長くいる」と、カンタルが荒っぽくさえぎって、「それなのに、ときどき思うのですが、《ソル》生まれたちをまったく理解していませんな」

レジナルド・ブルは狼狽《ろうばい》してカンタルの顔を見た。痛いところをつかれたからである。

本当はもちろん、《ソル》生まれたちが備蓄を食べつくそうとする理由を知っているのだ。かれらは船内施設で生産できないたぐいの食糧を従属の象徴と見なしていた。《ソル》を故郷と思う人々は、とりわけ惑星に従属することを嫌う。それは特定の惑星とはかぎらない。地球だけでなく、大宇宙で自然の軌道上を動くものはすべてだ。気にいらない食糧なら、エアロックから外にほうりだせばいい。だが、根っからの宙航士であるかれらには、それができなかった。《ソル》はひとつの閉じた世界である。船内はつねに均衡状態をたもつよう細心の注意がはらわれており、品不足におちいることも、ある材料が過剰になることもない。《ソル》生まれはものをむだにすることを忌み嫌う。廃棄処分にするくらいなら、たとえおいしくなくても、膨大な分量の食事を無理やりつめこむほうを選ぶのだ。《ソル》のような巨大船といえど、船内には安易に捨てられるものなどないのである。

「あんなことをしたって、よぶんなスペースは確保できないだろう」と、ついにブリーがいった。「そのためにやっているようでもないし」

「しばらくようすをみましょう」と、カンタル。「まだ、はじまったばかりですから。これはヤールが伝えた話に対する最初の反応です。いまに陶酔状態からさめる。そのあとどうなるか、興味があります」

「わたしは興味ないね。この芝居見物をやめたいくらいだ。ペリーがもどってきて、おろか者どもを正気にもどしてくれればいいのだが」

「ペリーは《ソル》生まれたちにこの宇宙船を譲渡すると約束しましたよ」

「たしかに。あのときいやな予感がしたが、心配したとおりになってしまった。せめてペリーが……」

と、ブリーは言葉を濁す。カンタルもなにもいわない。

ローダンと〝サスコーン〟たち一行は《パン＝タウ＝ラ》を発見し、作戦の目標達成に一歩近づいた。ガヴロ・ヤールは、自分がアンスク人のところにおもむき、ローダン一行がぶじ帰還できるようにとりはからったと主張している。だが、それが真実なのかどうか、いまひとつわからない。ブリーも危機が去ったと信じたいのは山々だが、これまでの苦い経験から、勝利に酔いしれるのはすべてが終わってからと決めている。その瞬間がくるまで、まだかなり時間がかかりそうだ。

それなのに、《ソル》生まれたちは遊びほうけている。

かれらは巨大宇宙船が自分たちのものになるときを、ずっと待っていた。船内で生まれ育ったのだから、《ソル》の権利は自分たちのものと考えている。建造したのがテラナーだということは意に介さない。ローダンは《パン＝タウ＝ラ》の謎を解くために〝サスコーン〟たちと出発する前、宇宙船を《ソル》生まれに譲渡すると正式に約束したのだ。たしかにいい機会ではあった。《バジス》にはテラナーのための場所が充分あるし、技術面でも充実しているから、《ソル》に固執《こしつ》する理由はない。そうでなくても、巨大船の空気は氷のように冷たくなってきている。《バジス》への移住申請をするテラナーの数は、ローダンが譲渡の約束をする前から増加していた。《ソル》生まれが圧倒的多数となり、かれらの希望が実現する時期が近づけば近づくほど、テラナーたちは身の置きどころがなくなってきていたのだ。

《バジス》にいる人々にとっての故郷は惑星である。休みなく大宇宙を飛行する乗り物にいつまでも住みつづけようとは思っていない。それでも《バジス》はテラナーにとって、遠い地球と分かちがたく結びついた故郷の一部だ。

「いまに《バジス》にも、船を故郷と思う人間が出てくるでしょう」カンタルはじっと考えこみながらいった。

「そうなるのをなんとしても防がないと！」レジナルド・ブルが強い口調で答える。

「われわれ、過去から多少は学んだのだから」

カンタルは暗い顔でうなずき、

「たしかに」と、つぶやいた。

*

ちょうどそのとき、べつのところで男ふたりが会っていた。いずれも《ソル》生まれだが、立場はまったく異なる。

「きみのやっていることは愚行そのものだ！」ジョスカン・ヘルムートはガヴロ・ヤールにいった。「もっと言葉に気をつけないと！《ソル》生まれたちはきみを信じ、船を完全に譲りうける準備をしているぞ」

「いずれやらなくてはならないことなのだから」と、ヤールがしずかに答えた。そのようすをみるかぎり、なぜこの男がソラナーたちに大きな影響力を持つのか、わからないだろう。ヤールはどちらかといえば目だたないタイプで、一回見たくらいではすぐに忘れてしまうような男だ。主義主張をふりかざしたり、世直しをしたり、まして権力を狙ったりする人物にはとても見えない。しかし、逆説的なようだが、地味だからこそ危険人物なのである。

ガヴロ・ヤールはぺてん師ではない。〝すべての《ソル》生まれに自由を〟と唱えるその言葉は、文字どおりの意味だ。宇宙船の指揮官になったり、おのれの利益を追求したりする気は、まったくない。

「ペリー・ローダンがもどるまでは」と、ヘルムート。「《ソル》はわれわれではなく、テラナーのもの。いまから変革をはじめるのは軽率で無責任だ。悪者あつかいされることになる。ローダンの意見と食いちがったら、どうするんだ？」

「かれはそうならないように用心するだろう」ヤールは辛辣《しんらつ》な口調になって、「《ソル》生まれの怒りを買うからな」

「ただちに《ソル》を手ばなさない理由なら、ローダンはいくらでも思いつくはずだ」

「《バジス》のほうが技術設備はずっとすぐれているし、テラナーが必要とする以上のスペースがある。《ソル》がなくてもいいじゃないか？」ヤールがいった。

「きみはわれわれの故郷を高く評価していないようだが」ヘルムートが皮肉をきかせる。

「いや、そうではない」と、ヤール。「《ソル》はわたしにとって世界そのもの。ただ、問題をテラナーの視点からとらえようとしただけで……」

「それはわかっている！」

「最後まで話させてくれ！　《ソル》から出ていけと強制された者はいない。それでもテラナーが全員《バジス》にうつったのはなぜだ？」

「例外もあるさ」

「例外は原則があるからこそ存在するのだ。ブルとカンタルだって、本当は《バジス》の友のそばがいいにきまっている」

「それはあたっているな」ヘルムートは渋い顔で認めた。「われわれ、テラナーの両親から生まれたとはいえ、テラナーの友でないことは明らかだから。だがヤール、ばかなことはやめたほうがいい。たとえ百世代たっても、われわれの起源はテラナーだ。この世のどんな力もそれを変えることはできない。地球に容易にもどれないほど、はるか遠方まで《ソル》で飛ぶことはできる。だが、それでもわれわれは人間なのだ。この出自から自由になることはできない」

「わかっている。だが、われわれの出自もたいした問題ではない。その先の人生でなにをするかが問われているんだ。比喩で説明しよう。テラナーは好んで〝母なる地球〟という表現を使う。たしかに、生まれたての赤ん坊は母親と臍《へそ》の緒《お》でつながれている。だが、子供は大きくなればなるほど、母親と作為的な関係を結ぶようになるではないか」

「そんなばかげた比喩は、これまで聞いたことがない！」ジョスカン・ヘルムートはうなった。

「なかなかいいたとえだと思ったんだが」ガヴロ・ヤールは平然としている。

　ここでふたりは別れた。ジョスカン・ヘルムートは浮かない顔で船内を歩き、まわりにあまり人がいないゾーンへ。やがて自分の部屋にもどってきたかれは、キャビンの前の通廊で子供につまずいた。びっくりして目をこらすと、女の子がいる。すすり泣いていたが、やがて立ちあがり、走りさろうとするではないか。

「おい！」ヘルムートはちいさなうしろ姿に呼びかけて、「きみのことは知っているぞ！　どうしたんだ？　ちょっと待って……」

　しかし、少女はほかの通廊に姿を消した。

　ハッチを開け、ヴィジフォンの呼びだしに気づいたかれは、もう少女のことを忘れていた。

「なんとかしなくちゃならんぞ！」と、レジナルド・ブルの大声が聞こえる。「きみの仲間が、倉庫という倉庫をからにして改造しようとしている。水耕栽培装置もだ。このままいくと《ソル》は本来の任務をはたせなくなってしまう」

「本来の任務というのは？」ヘルムートの声は元気がない。「これまでのところ、われわれは惑星から惑星へ飛行し、すべてはそれにあわせて調整されています。どこにも着陸するつもりのない《ソル》生まれには、多くの施設がむだだと感じられるのでしょう」

「きみもその愚考に同調するのか？」ブルがいぶかる。

「それがなにか？」

「ソラナーのスポークスマンじゃないか。きみがかれらを正気にもどさないと……」

「買いかぶらないでください」と、ジョスカン・ヘルムート。「わたしの任務はテラナーに向けられた《ソル》生まれたちの要求を代弁することで、かれらの行動を規制することではありません」

ブルは当惑してヘルムートを見た。

「残念ですが」と、ヘルムートはつぶやき、「お役にたつことはできないと思います」

そういって、すかさずスイッチを切る。

ほぼ同時に、がちゃんという音が聞こえた。扉に近づき通廊を見ると、照明が壊されている。ジョスカン・ヘルムートはとほうにくれて、床に飛びちった破片と壁の残骸を見た。

「なにがあったんだ？」ロボットにたずねる。

ロボットは一瞬、動きをとめてから、

「被害の原因は特定できません」と、答えた。

ヘルムートはロボットが新しい照明をつけるのを監視。破片もきれいに掃除された。かぶりを振りながら部屋にもどる。だが照明装置になにが起きたにせよ、たいした出来ごとではないから、すぐに原因を解明するまでもなかろう。

そんなことは忘れて目下の問題に集中しようとしたが、そううまくはいかなかった。やはり自分にとっても《ソル》は故郷なのだ。宇宙船の譲渡を早くも祝っている人々の気持ちはわからないでもない。パーティに参加したいくらいだ。だが、そう考えただけで、罪悪感にさいなまれるのもたしかである。

最終決定がくだることを切望した。それがどんなものであろうと、決着がつけばいい。その決定によってどっちつかずの状態から救われるのであれば、歓迎だ。

板ばさみになるのは、このうえなく居心地が悪い。

とはいえ、《ソル》生まれたちはローダンの〝サスコーン〟の一員でもあるのだ。ローダン一行がもどる前に、ガヴロ・ヤールが《ソル》を勝手にスタートさせることはありえない。それにヤールも、《ソル》がウィンガーたちをやすやすとかわせないことは知っているだろう。

ジョスカン・ヘルムートは情報チャンネルのスイッチをいれた。不機嫌な顔で《ソル》生まれたちの行動を追う。かれらは《バジス》が近傍にいることなど、おかまいなしのようすであった。

2

このタイミングでだれかが居住セクターにあらわれるなど、スターファイアは予想していなかった。ここほど安全でじゃまのはいらない場所はないと思っていたから。だれかをおどかしたり、迷惑なことをしたりするつもりはまったくない。ただ、ほんのしばらくのあいだひとりになり、自分の悩みと向きあいたかったのだ。人に泣いているところを見られたら、心配をかけてしまう。どっちみち、だれもなぐさめられない悩みなのだから。彼女の苦しみをほんのすこしでも理解できる人物は《ソル》にはいなかった。

本人すら、よくわかっていない。はっきりしているのはひとつだけ……これから先、地球に通じる道は永遠に閉ざされるだろう。

スターファイアは地球についてよく知っている。まだ十歳で、生まれてからずっと《ソル》で育ち、地球などどうでもいいと考える人間としか出会ったことがないわりには、という意味だが。そんな環境でも地球に強いあこがれをいだいているのは、祖父がしばらく前にテラに帰ったからだ。祖父を慕うスターファイアはいっしょに行きたがったが、両親が反対。だから、この巨大船で飛びつづけ、《ソル》がもう一度テラの近くに行くことを祈るしかなかったのだ。そのときにある程度の年齢に達していれば、自分の意志を貫けるだろうと考えて。

ところが、そうはいかなくなったのである。

《パン＝タウ＝ラ》を探す途中で《バジス》と遭遇する前は、まだ夢がかなう望みがあったのだが。

《ソル》は長いあいだケロスカーの主導で遠方の未知空間を飛行していたため、人類の故郷銀河を探すのはかんたんではないと聞かされていた。しかも当時は、地球がもとのポジションにもどったことを、だれも知らなかったのである。でも、ソラナーに船をわたす前に、《ソル》はいったんテラをめざすだろうとスターファイアは思っていた。テラからであれば、ペリー・ローダンたちもほかの人類とコンタクトをとりやすいだろうから。

だがいまは、その望みは消えた。地球や銀河系を探す必要がなくなったからである。行きたければ《バジス》に乗りうつり、じっとそのときを待てばいいのだ。

スターファイアも《バジス》にうつろうとしたもの。だが、それは思ったよりむずかしかった。まず、《ソル》から出ることができない。両親が船内にとどまっていて、まだ十歳の子供は、その庇護のもとにある。もっと耐えられないのは、双子のきょうだいと別れることだった。

こうした事情を考えると、しずかな場所にしのびこんで思いきり泣きたくなるのもわかるというもの。スターファイアにとって、これ以上のセラピーがあるだろうか。

少女は通廊のカーヴの奥にかくれ、ジョスカン・ヘルムートが部屋にはいるのを待った。そのあとも、しばらくようすをうかがう。《ソル》生まれのスポークスマンは、忘れ物をとりに一瞬もどってきただけかもしれない。なにしろ船内はお祭り騒ぎの真っ最中だから。スターファイアも、悩みさえなければいっしょに楽しんだことだろう。

数分待ってなにも起きなかったので、そわそわしてきた。新しいかくれ場を探したほうがいいだろうか？　勝者気どりで有頂天になった《ソル》生まれたちがあちこち歩きまわっているから、ひとりになるのは大変なのだ。

振りかえり、通廊を見た。だれもいないので、一歩進む。そのとき、うしろで変な音がした。驚いてせまいアルコーヴに跳びこみ、通廊をうかがうと、ジョスカン・ヘルムートが出てきて、割れた照明の破片を見ている。一瞬、かれに悩みを打ちあけようと思った。テラナーに味方したこともある人物だから、なにかいい案を教えてくれるかもしれない。だが床の破片を見て、賢明にもそれを思いとどまった。

自分が照明を壊したと疑われるかもしれない。前にいたずらしてからかったことを、ジョスカンはきっと忘れていないだろう。

ロボットが出てきて通廊を掃除し、照明を交換したとき、スターファイアはアルコーヴの奥で身をかがめてかくれていた。ロボットもジョスカン・ヘルムートもいなくなったのを見はからい、かくれ場をあとにする。

なぜだかわからないが、泣きたい気分は消えていた。悲しさといらだちはあるものの、滂沱《ぼうだ》の涙を流す気にはならない。そのかわり、きょうだいに会いたくなった。ほかの子供たちと《ソル》生まれのパーティに参加しているはず。搬送ベルトとリフトを乗りついで、会場に向かう。

パーティ会場のひろい通廊は、宇宙船内というよりも移動遊園地のようだった。

倉庫に通じるゲートは開いたまま。倉庫と準備のととのったテーブルのあいだを、ロボットが行き来している。ありとあらゆる種類の料理と飲み物の匂いがして、いたるところに花が飾られていた。根がついたまま、ありあわせの水盤に生けてあるのもあれば、無造作に置かれているだけの花もある。なかにはすでに踏みにじられている花もあるではないか。《ソル》生まれたちはそんなことは気にしていない。すでに飽食のかぎりをつくし、もうひと口ものみくだせないようすで、浮かれてテーブルのあいだを縫って踊っている。けたたましい音楽が響きわたり、自分がいっている言葉も聞こえないほどだ。食べのこしを集めるロボットたちは、かれらをよけるのに苦労している。

スターファイアは恐怖心に襲われた。浮かれた群衆が不気味でならない。しずかな居住セクターにもどろうと決心する。そのとき、ようやくきょうだいを見つけた。

フェザーゲームは年上の少年ふたりに助けられ、ロボットの肩によじのぼろうとしている。ロボットはそれにかまわず作業を続行し、皿や鉢を集め、食べのこしを大きな搬出用のバケツに集めていた。フェザーゲームはいっぱしの騎手のように堂々とまたがり、踵《かかと》でロボットの胸部プレートを蹴ってから、視覚器官のまわりにカラフルな装飾リボンを巻きつける。ロボットはついに停止した。

ロボットが〝騎手〟に危害をあたえずに自分の頭からリボンをとろうとするのを、子供たちは笑って見ている。フェザーゲームは機敏で巧みだった。ロボットは皿を下に置くことすらできない。そもそも視覚が使えないと、ほかのことはできないのだ。細い作業アームを一本、少年のほうに伸ばし、慎重に手探りでいたずらをさえぎろうとする。だが、フェザーゲームはロボット・アームがまさぐっているその場所を狙いすまして妨害し、そのたびにロボットはアームをあわててひっこめた。

遊びが長びくにつれ、子供たちはますます増長していく。ほかの子もロボットに登りはじめた。アームにつかまったために皿が床に落ちたが、おかまいなしだ。ロボットは過大な要求をこなしきれなくなっている。若い《ソル》生まれたちの相手をするようにプログラミングされていないから、負傷させずに子供のからだをつかむ方法すらわからない。とまったまま、動かなくなってしまった。

スターファイアは仲間たちを押しのけ、つかつかと進みでて、

「ロボットをこれ以上いじめないでよ！」と、きょうだいにどなる。「おりてきて！」

音楽がうるさすぎて、フェザーゲームには聞こえなかったらしい。笑って誇らしげに両腕をひろげている。手ばなしでも乗れるよ、といわんばかりに。

スターファイアはかんかんだった。機械に感情がないことはわかるが、ロボットをからかって遊んでいる仲間たちに腹がたったのである。《ソル》生まれの大人たちにも激怒していた。貴重なロボットなのに、このいたずら騒ぎを眺めているだけなんて。

だがその瞬間、スターファイアは理解した。それまでよくわからなかった出来ごとの深いわけを。

このロボットは限定された機能をはたしているにすぎない。給仕サービスだ。《ソル》生まれたちにとって、関係のないサービスということ。

ソラナーは〝ほんもの〟の食糧を拒否している。殺した動物の肉、地面で育った植物の果実などは隷属性の象徴だ。テラナーは惑星がないと生活できないが、《ソル》生まれたちは、自然の物質に依存して生育するものにたよりたくない。住民に必要なものを供給するのは《ソル》のみでいいのだ。かなり前から、船内の装置を使って人工食糧が生産できるようになっていた。食糧はすべて完成した状態で納入され、分配するだけで

すむ。やがて調理という行為はなくなるだろう。そのためのロボットも必要ないのだ。お役ごめんである。移住者たちはこの種のロボットも《バジス》に連れていくべきだったかもしれない。

スターファイアは地団駄を踏んだ。この状況ではどんなに抗議してもむだだとわかったから。腹だちまぎれにきれいな花飾りをひきちぎってまきちらすと、走って逃げた。突然、きょうだいのそばにいるのが耐えられなくなったのである。床の上の花を跳びこえ、ロボットと人間をよけていく。そのとき、だしぬけに音楽がとまった。

突然の静寂のなかで、フェザーゲームの声が大きく響く。

「待ってよ！　どこに行くの？」

少女は立ちどまって振りかえった。

フェザーゲームがロボットからおりてくる。だが、かれにもロボットにも注目する者はいなかった。全員、まったく音を出さなくなったスピーカーの列を、びっくりして見ている。かすかな煙が天井の下を流れ、空調設備の開口部に消えていく。

スターファイアは一瞬とまどった。だが、きょうだいがすぐ近くまでくると、踵《きびす》を返して逃走。フェザーゲームはあとを追う。リフトの近くのしずかな通廊でようやく追いついた。

「どうしたんだ？」と、とほうにくれていうと、スターファイアの腕をつかんで、「なぜパーティに参加しないの？　楽しくないのかい？」

　スターファイアは考えた。きょうだいのように楽しむ気持ちになれない理由を説明すべきかどうか。

「テラを思いださせるものがめちゃくちゃにされるのを、見たくないの」結局、そういった。

　フェザーゲームは腑に落ちない顔で、

「きみなりにいろいろ考えたんだろうけど……」と、悲しげにつぶやく。「どうもよくわかんないや。地球でなにをしたいの？　きみはぼくらと同じで、《ソル》から一度も出たことがないのにさ」

　スターファイアは沈黙した。自分でもよくわからないことを、どう説明すればいいのだろう？

＊

　ちょうどそのころ、レジナルド・ブルはある発見をした。やっかいなことになりそうだ。

「おかしいぞ」と、つぶやく。「故障個所が多すぎる。見てくれ！　たいした故障ではないから、すぐに危険というわけではない。だが、わずかな例外をのぞくと、どれも機械的な損傷だ」

スクリーンに《ソル》の模式図があらわれた。さまざまな色のちいさな光点が表示されている。

「赤い点が問題なのだが」と、ブル。「どれも中央本体に集中している」

「たしかにおかしいですな」と、ジェント・カンタルがいった。「だれかがハンマーを持ってうろついて、わざと器物を損壊しているのでは」

「変なことをいうなよ」ブルはびっくりしていう。

「空間的な関連性ははっきりしています」と、カンタルは冷静に、「時間的にはどうなのでしょう?」

数回の切りかえ操作によってスクリーンが変化した。いったん光点が消え、こんどは順番に明るくなっていく。スクリーン下端に時間の経過が表示された。テラナーふたりは無言で見いる。

「《ソル》生まれたちが勝利の宴にうつつをぬかしているといいが」と、ブル。「これに気づかないように」

だが、そうはいかなかった。数分後、ジョスカン・ヘルムートが連絡してきたのだ。

「カンタルもそこにいますか?」と、いきなり切りだす。

レジナルド・ブルはうなずいた。

「あなたがたの部屋の自動監視装置は作動しているのでしょうね？」

「いや」と、こんどはカンタルが答え、ヴィジフォンの認識範囲にはいると、「スイッチをいれておくべきだと？」

「そうですね……」ヘルムートは慎重に言葉を選びながら、「あなたがたの居場所に関するデータを定期的に集める必要があるかもしれません」

「つまり、われわれに破壊行為の嫌疑をかけているのだな？」

「よくおわかりで」

「われわれがなにも知らないとでも思っているのか。こっちは《ソル》生まれと違い、盗んだ飲み物の力を借りて理性を麻痺させているひまはないんだ！」カンタルがいきりたつ。「この部屋の場所はわかっているだろう？　われわれはここを出ようとしたら、すくなくとも見張り五十名の前を通らなければならないんだぞ。この連中はパーティの最中なのに、持ち場をはなれることも許されていない。ほかにどんな対策をとれば気がすむのだ？」

「わたしがしたことではありません」ジョスカン・ヘルムートは不機嫌に応じた。「いずれにしても、その気になればあなたがたはうまく立ちまわるでしょう。だが今回の場合、そちらには破壊行為を働く理由がないようです」

「それはどうも」ブルが皮肉をこめる。「実際そうなのだから、信用してもらうしかない。すでに信用しているなら、おおいにけっこう。わたしの意見をいわせてもらえば、セネカだったら、まずあの掠奪者たちを倉庫から追っぱらうだろうな」

「それははっきりいわないほうがいいでしょう」《ソル》生まれのスポークスマンが警告した。「すくなくとも、そのようにおおっぴらには」

ブルはそれに応酬しようとしたが、カンタルがジェスチャーで阻止。

「警告をありがとう」

ブルはジョスカン・ヘルムートにそれだけいったが、交信後、かんかんになって、

「もういいかげんにしてくれ！ 自分たちは備蓄の食糧を食いちらかしているくせに、われわれが船内をうろついて、けちな破壊行為をしたなどと疑いやがって！」

「頭を冷やしてください」と、カンタルは小声でいって、スクリーンをさししめす。

「交信のあいだに、またなにか壊されたらしい。われわれに罪をなすりつけるのは、いよいよむずかしくなりますすね」

「きみはひとつ忘れているようだが」と、ブルが辛辣な口調で、「じつはその気になれば、われわれは部屋を一歩も出ないでも、いろんなことができるんだぞ」

「セネカですか？」

「まだそんなことをきくのか？ 《バジス》からきたというのに！ あっちにはロボットがいないのか？」

カンタルは黙った。

「《ソル》についていえば、ここの人間は他人をまったく信用しない」と、ブル。「われわれのこともだ。妨害行為の嫌疑がかかる者すべてを罪人にしたてあげるつもりだろう。われわれの名は嫌疑者リストの上のほうにあるに決まっている」

「なるほど……」カンタルは憂鬱な顔になった。

《ソル》から出ていきたい。ここにいると孤独感にさいなまれるだけだ。なにもできないし、乗員が一丸となってがんばる目標もない。《ソル》生まれたちは〝自給自足する人類〟というポジションをみずから選びとった。それをやめさせる力のある者はどこにもいない。

カンタルは思った。もしも目標があったなら、自分はどんな抵抗があってもそれを貫徹するだろう。人から嫌われてもかまわない。

だが、ここでは待つことしかできないのだ。

《ソル》生まれの無視と不信は、激怒や嘲笑をぶつけられるよりもこたえる。

＊

三十分後にジョスカン・ヘルムートがまた連絡してきた。そのあいだにも、被害の発生をしめす光点は増えている。場所はやはり《ソル》中央本体にかぎられていた。SZ

＝1やSZ＝2でもこの種の被害はたしかに出ているが、船内の大騒ぎを考えれば不思議はない。当初発見された破壊行為とは関係がなさそうだ。

「われわれの無罪が証明されたか？」ブルは皮肉たっぷりにいった。

ジョスカン・ヘルムートは表情ひとつ変えず、

「それほど単純な話ではありません」と、答える。「疑わしい点がいくつもあって、そこからどういう全体像が浮かびあがるのか、まだだれにもわからない状態で」

「かみくだいていうと、どういうことかな？」

ヘルムートは躊躇《ちゅうちょ》しながら、

「破壊行為を働く者には動機があるはずです」と、いった。「あなたがたの場合にはすべてはっきりしている。《ソル》に損害をあたえることに、関心がないですからね。この宇宙船には一定の価値がありますから」

「それはまた、りっぱな見解で」と、ブルがからかう。

「わたしはただ、問題を客観的にとらえようとしているだけです！」ヘルムートがむっとしていった。いらいらしているのは、この役まわりが自分でも気にいらないからだろう。「動機がある者はほかにもいます。テルムの女帝の研究者が、まだ《バジス》にうつっていません」

「ドウク・ラングルがそこらをうろついて照明を壊していると、本気で考えているのか？」ブルはあきれて大声を出す。

「ありえないでしょうか？　ドウク・ラングルは異人です。恩義を感じている相手がだれかいるとしたら、それはローダンでしょう。宇宙船の正式な譲渡前に《ソル》生まれたちがスタートしてしまうのを、心配しているのかもしれません」

「ばからしい」と、ジェント・カンタルが口を出す。

「あなたは《ソル》で長い旅に出たことがありませんからね」ヘルムートはカンタルに反論し、「ローダンがつねに人類の利益を第一に考えるわけではない……そういう疑念が人々の心にきざしているのを、知らないのではないですか」

この発言には一理あるとレジナルド・ブルは思ったが、あえて口に出さなかった。

「テルムの女帝の研究者はときどき疑わしい行為に出て、われわれを挑発することがあるのはたしかです」ヘルムートがつづける。「そもそも、かれがいま《ソル》にいるのはなぜですか？　ドウク・ラングルはここでなにをしようとしているのでしょうか？」

カンタルは答えない。

「それはわからん」ブルが思案顔でいった。「だが、ドウク・ラングルは人類を脅かすようなことはしない。それはたしかだ。それに、ソラナーとテラナーの区別もよくわかっていないのではないか」

「たしかに」と、ジョスカン・ヘルムート。「でも、疑われているのは事実です。嫌疑はすぐには晴れないでしょう」

「ラングルに直接、話をきいたのか？」カンタルが質問する。

「割りあてられたキャビンにいないのです。新しい指導部のところに顔を出すようにいっても反応がないし」

「もう新しい指導部になったのか！」ブルが当惑していった。「ラングルはそれがなんのことか、だれなのか、知らないと思うが」

ジョスカン・ヘルムートはこの質問を無視して、

「第三の可能性は」と、つづける。「だれかが極秘の防衛プランに介入し、セネカに情報をインプットしたとか……」

「もうたくさんだ！」ブルは憤慨して、「そんな推測がどれほど無意味か、きみがいちばんよく知っているだろう」

「動くな！」テラナーふたりの背後でひややかな声が命令した。

口をつぐみ、スクリーンの表面を鏡がわりにして見ると、自分たちのうしろに若い男四名が立っている。全員が武装しているのはまちがいない。ブルはさげすむような目でジョスカン・ヘルムートを見た。《ソル》生まれはうつむきかげんになって、侵入者たちに向かい、

「わたしが監視しているあいだ、そのふたりはなにも指示を出さなかったぞ！」と、し

わがれた声でいった。

「それがいったいなんの証明になる？」侵入者のひとりが冷たくいいはなつ。

ジョスカン・ヘルムートはうなずき、自分から通信を切った。サイバネティカーはおのれの行動を恥じている……レジナルド・ブルはそう思い、にやりと笑って振りかえる。カンタルも同じようにした。

若者四名はあわてて一歩あとずさる。

「動くな！」ひとりが甲高《かんだか》い声で命じた。「おとなしくしろ。そうすれば、なにもしないから！」

「いま同じことを、きみたちにいおうとしたところだ」ブルは友好的に、「いらいらして武器をいじくりまわすと、ろくなことはないぞ」

だれも答えない。ブルは冷笑する。その直後、さらに男ふたりが部屋にはいってきて、室内の装置を調べはじめた。自分とジェントがなにかかくそうと思ったら、カバープレートをめくったくらいで見つかるような稚拙なやり方はしない。

だが《ソル》生まれにも各方面の専門家がいる。テラナー二名が破壊行為をしたことを証明しようとすれば、徹底的に捜索してもかんたんには証拠があがらないと知っているはず。

「ごくろうな話だ！」ふたたびブルとふたりきりになると、カンタルがため息をついた。

「この宇宙船にはほかになにも問題がないと思っているのでしょうか？」

「だが、ひとつわかったぞ」と、レジナルド・ブル。「やつらは本当にセネカを疑っている。そうでなければ、われわれを丁重にあつかうはずがない。暴力は使わなかっただろう？　連中、セネカに敵視されるのを恐れている。それがわかっただけでも収穫だ。いざというとき、なにかの役にたつから」

「まったく信じられませんよ」と、カンタル。「巨大船二隻がいるのは未知銀河で、まわりには敵の宇宙船がうようよしているというのに。ウィンガーたちはここでわれわれにとどめを刺すか、永久に自分たちの視界から消しさるつもりです。ローダン一行も苦境に立たされているかもしれない。それなのに《ソル》生まれは、ありもしない破壊工作の犯人探しをする以外にやることがないのでしょうか」

「犯人はその破壊工作が〝ある〟ことを証明したいらしいぞ」と、レジナルド・ブルは言葉すくなに指摘し、スクリーンを指さした。「ちょうどいま発生した。今回は規模も大きい」

「すぐ近くですね」と、カンタル。「ちょっと見てきましょう」

「《ソル》生まれたちに近づきすぎるな」と、ブルは心配して警告する。

カンタルが出ていったあと、意外なことがあった。だれかが《バジス》から呼びかけてきたのである。この数時間、コンタクトは減っていた。まるで、テラナーと《ソル》生まれはもう交信の必要もないとでもいうように。

残念ながら、ペリー・ローダンと〝サスコーン〟たちに関する新しい知らせではなかった。交信相手はイルミナ・コチストワである。なかなか用件を切りださない。まるで、このタイミングで自分がこれからいうことが、どれくらい奇妙かよくわかっているといいたげだ。

「とても心配で」と、ついに打ちあける。「《ソル》にいるスターファイアという女の子のことなのですが」

「覚えている」レジナルド・ブルがぼそりといった。「きみがテストIIに不時着したとき、危険な状態におちいった子だろう？」

「そのとおりです」と、ミュータント。「都合がいいときに、その子のようすをみてくれませんか？　悪い予感がするので。本当はわたしが面倒をみられればいいのだけれど、いまはあいにく……」

「できるだけのことはするよ」

イルミナ・コチストワは顔をしかめた。それが逃げ口上だとわかったからである。だが、ブルはそれ以上話す時間をあたえず、通信を切ってしまった。

「まるで、わたしがひまな人間みたいじゃないか」スクリーンが暗くなると、怒ってつぶやく。「たかが子供だ！　大人の《ソル》生まれの問題だけでも大変なのに、子供の心配までしろというのか？」

＊

《バジス》では、イルミナ・コチストワが《ソル》とコンタクトした部屋から出てきた。がっかりしている。

ブルのつぶやきまでは聞こえていないが、それほど想像力を働かせなくても、だいたいの察しはついた。《バジス》でもイルミナの心配ごとは周囲の人々から理解されていない。なにしろ、ほかにも問題が山積みなのだから。

《ソル》は変化していた。技術的な改造はまだ一部にとどまるが、そのプロセスは着々と進んでいる。かつては〝免疫保持者〟たちが、あの宇宙船に乗ってアフィリー化した地球をあとにし、銀河系とそこに住んでいた人間を探したもの。その船をまったく違う目的のために改造することを、こころよく思う者はいない。そこで《ソル》生まれたちは驚くべき結論を出した。テラとそのほかの惑星を思いださせるものすべてを、すこしずつ追放しようというのである。特定の文書データも呼びだせないようにした。情報はあっても、非常にきびしい条件を満たさないと入手できないということ。巨大な倉庫棟もからになった。これが今後どう使われるかはもう明らかにされている。《ソル》生まれたちは燃料問題を解決するため、いたるところに存在する水素を有効利用する施設をつくろうとしているのだ。

「ブルはなんていってた？」

いつのまにかグッキーが隣りに立っている。イルミナはぎくりとした。

「できるだけのことはしてくれるって」と、ため息をつきながら答える。

「そんなこったろうと思ったよ。なぜ、もっとはっきりいわなかったのさ？」

「なんといえばいいの？　スターファイアが、とんでもないことをするかもしれないと？　あの子はまだ十歳よ。ブルに笑われるのがおちだわ。それに、《ソル》生まれたちがブルとカンタルを監視しているかもしれない。スターファイアのようすがおかしいとわかったら、ことを荒だてる結果になるわ。なにが起きても、わたしはあの子を守らないと」

「ぼくらの疑いがあたっているとすると」と、ネズミ＝ビーバーは考えこみ、「やっかいなことになるかもね」

「なにかキャッチしたの？」イルミナ・コチストワは話題を変えようとした。

「なんにも。《ソル》に行かせてもらえなかったからね。残念だな。あいつらに、宇宙にいるのは自分たちだけじゃないって思い知らせてやろうとしたんだ。だれかを傷つけたくはないけど、ちょっとしたお仕置きは必要だよ」

イルミナはため息をついた。グッキーのいうとおりだ。悪くない提案かもしれない。

だが、その〝お仕置き〟を許可する者はいないだろう。

「つまり、わたしたちはこれからも待たなければならないということね」イルミナがいった。

3

フェザーゲームは心配していた。この状態は自分にもスターファイアにもよくない。自分は《ソル》がいつどこに飛行しようと、どうでもよかった。問題はスターファイアをどうやって元気づけられるかだ。

だが、かなりがんばってみても、成果はなかった。

ふたりのあいだに秘密があるなんて、信じられない。物心ついてから、スターファイアがなにかかくしたことがあっただろうか？　ふたりの絆《きずな》は強く、遊び仲間にからかわれるほどだった。

ふつうなら、ほかの人に悩みを打ちあけるところなのだが。

技術要員の両親は、いま緊急の任務についているので連絡がつかない。知りあいの教師たちはほかのことで頭がいっぱいで、相談に乗ってもらえる状態ではなかった。そこで、少年は自分で問題を解決しようと決心したのである。

スターファイアはこれまでもときどき行方をくらますことがあった。フェザーゲームはあちこちの通廊に先まわりして待ちぶせたが、いつものようにまかれてしまう。大人たちに秘密で集まるときに使っていたかくれ場も徹底的に探した。だが、どこにもスターファイアはいない。

がっかりしてキャビンにもどる。《ソル》の改装中、ひとつづきにならんでいるキャビンを、スターファイアやほかの仲間たちといっしょに使っているのだ。部屋は大騒ぎだった。教師のひとりが祝宴でおなかをこわし、医療ステーションに収容されたから。もうひとりの教師も、しばらくのあいだ、ほかの教師の代理でべつの場所に行っている。ほかにも世話係ふたりがいないので、十五歳の少女がたったひとりで子供たちをまとめようと奮闘していた。

フェザーゲームはすぐに状況を察知し、開いている扉から急いで逃げた。大混乱に巻きこまれるのはごめんだった。子供の群れのなかに親友が何人かいたが、気づかれたらスターファイアの捜索をつづけられない。ぞろぞろと、ついてくるにきまっている。

見つからずにすんだと安心したそのとき、だれかの声がした。

「どこに行くの？」

「いや、べつに」フェザーゲームは口ごもり、足を速める。

「あんたを探してたところよ」その声が、たたみかけるようにいった。

少年はわざとゆっくり振りかえって見あげる。アイクランナだ。遠い親戚なので、なにかと双子の世話をやいてくる。しかも、きょうだいの両親が数日間、緊急の任務で留守なので、何歳か年上のアイクランナは、ふたりにあれこれ指図する権利があると思っているのだ。なぜ、ここにきてしまったのだろうか。アイクランナが待っていることくらい、想像がついたのに。

「ちょっと用事があるんだ」そう答えてかわしたつもりだったが、信じてもらえるはずがない。わきを通りすぎて外に出ようとすると、アイクランナもついてきた。

「どこに行くの？」

「ほっといて！」フェザーゲームは声を荒らげた。「スターファイアとぼくのあとをつけること以外にやることがないの？　頭にきちゃうよ！」

アイクランナが少年をじっと見る。フェザーゲームは目をそらした。

もともと気の毒な子なのだ。悩みもあるだろう。美貌に恵まれたわけでもなく、勉強もできない。しかも、ものすごくまじめで冗談がわからないから、まわりの人間はいらいらしてしまう。そのために友だちを失ってばかり。双子だけには存在を認めてもらおうと思うのも、わからないではない。それに、助けてくれる仲間が近くにいるのは悪くないこともある。それでも、アイクランナはつきまといすぎだ。

少女は傷ついたのか、いまにも泣きだしそうになっている。

フェザーゲームはいい方法を思いついた。すくなくとも、この場面では効果があるはず。

「スターファイアが見つからないんだ」と、切りだした。「探すのを手伝ってくれる？」

「もちろんよ！」アイクランナの顔が輝いた。「あんた、どっちを探す？」

フェザーゲームは右の方向をさししめし、

「あとで、この扉の前でまた会おう」そういったが、そのときにはアイクランナは大急ぎで反対方向に向かっていた。

指さした方向にスターファイアがいるという確信があったわけではない。だが、ともかくアイクランナを追いはらうことはできた。しばらく捜索に熱中すれば、こちらを監視することを忘れてしまうだろう。

そう思うと、また元気が出てきた。足どり軽く通廊を進み、搬送ベルトに跳びのる。トルボロス老人のキャビンをまだ調べていないことに気づいたのだ。スターファイアはときどきそこを訪れていた。老人は数日前、ほかの人たちといっしょに《バジス》にうつったはず。それでも、念のためキャビンを調べてみる価値はある。

＊

アイクランナはフェザーゲームのきょうだいを必死に探した。少女の名を呼び、途中にある部屋はすべてなかを調べる。しかし、スターファイアはどこにもおらず、見かけたという人もいなかった。

徐々に、人通りの多い通廊から大きな機械室がならぶ区域にはいっていく。全体を見とおしやすく、どんどん進めてうれしい。大部分のハッチは所定の操作をしないと開かない設計になっているので、スターファイアのかくれ場もかぎられてくるはず。

煌々《こうこう》と照らしだされた通廊に向かって、少女の名を何回も呼んだ。と、ロボット一体が角のあたりに急にあらわれ、ものすごいスピードでわきを通りすぎる。アイクランナはバランスを失い、ころびそうになった。ようやく近くのものにつかまって安定をたもつ。すると、指がなにかを押しさげたような感覚があり、ハッチが開いたため、部屋のなかに仰向けに倒れこんでしまった。

おそらく、それが命を救ったのだろう。

アイクランナがまだ床の上を転がっているとき、ハッチの開口部あたりを細長い炎がすばやく通過した。耳を聾せんばかりのはげしい爆音がする。驚愕のあまり膝をかかえこみ、まるくなった。その姿勢でどのくらい横になっていたのかわからない。ようやくわれに返ったのは、ロボットが自分を簡易ベッドに寝かせようとしているときだった。

目を開くと、目の前にスターファイアがいる。

「そこのあんた、わきによってくれ！」太い声がした。「心配はいらないが、ロボットが女の子を搬送できるように道をあけてほしい」

　スターファイアがわきによける。アイクランナはベッドがなめらかに動くのを感じた。

「さっぱりわからない！」近くでだれかがいった。「なにがあったんだ？　この子が助かったのは奇蹟だよ」

「まだわからんぞ」もうひとりがいった。

「なんでもないさ。この子はショックをうけただけだ。ひと目見ればわかる」

「スターファイア」アイクランナは声を絞りだす。「スターファイアはどこ？」

「心配ないよ、お嬢さん。大丈夫だから。さ、みんな、道をあけてくれ。もう見ものは終わったぞ」

　アイクランナは口をつぐむ。ほどなく、医療ステーションの快適な部屋に横たわっていた。なにが起こったのかよくわからないが、十数メートルしかはなれていない場所でなにかが爆発したことはたしかだ。自然の法則にしたがえば、ぜったい爆発しないはずのなにかが。さいわい、近くにいたのは自分だけ。ほかにロボット一体がいて、すぐに警報を出し、危険ゾーンから救出してくれた。

　でも、ひとまず黙っていることに決めたが、腑に落ちない点がある。

　もう一体、ロボットを見たからだ。そのロボットが自分をつきたおし、ほかの一体があとから救ってくれたというのは、どう考えても理屈にあわない。

アイクランナは思案した。最初のロボットはなにをしようとしたの？　なぜ、いつもの行動ルールを守らなかったの？　あそこでなにかを探していた？　この件に関わった大人たちは、最初のロボットを見ていないらしい。つまり、ロボットはあのゾーンにこっそり出現したということ。

ロボットが〝こっそり〟行動できないのは、アイクランナでも知っている。

次に、スターファイアに関する奇妙な噂のことを考えた。

スターファイアが《ソル》から脱出したい一心で、なにか嘘をついているというのだ。今回も彼女は近くにいたはず。そうでなければ、ベッドの横にあんなにすぐあらわれるはずがない。スターファイアはとても足が速いし、とんでもないことを思いつくから。

アイクランナは例のロボットの外見を必死に思いだした。背は高かっただろうか？　いや、まったくその逆だ。重要な間接証拠といえる。スターファイアに変装の手だてはあったかしら？　ある、ある！　数週間前に演劇グループが似たような衣装を使っていた。それを手にいれるのはそれほどむずかしくなかっただろう。

そこまで考えて、アイクランナは思わずからだを起こした。

スターファイアはひどい破壊行為をしようとしたわけじゃなく、不幸な偶然から、爆発の瞬間に通廊にいたとも考えられる。でも、それを決めるのは自分ではない。この件は通報しなければ。残念だけど、スターファイアはどっちみち不愉快な思いをするだろう。それでも、はっきりしたことを報告するのは自分の義務だから。

アイクランナは立ちあがり、ハッチのほうに向かった。外は奇妙なほどしずかだ。あちこちの扉を開けてみたが、だれもいない。不安になり、耳を澄ました。遠くで人声がする。急いでその方向に走り、息を切らしながら、若い女ふたりの前に立った。コーヒーを飲もうと隣りの部屋にはいっていくところだ。

「どうしたの？」ひとりがびっくりしていう。「寝ていなくちゃだめでしょ？ さ、横になって！ そんなに動いちゃだめよ……」

ベッドに連れもどされないよう、必死に抵抗する。熱意が通じたとみえ、その女はようやく話を聞いてくれることになった。だが、ひどく興奮しているから、話が支離滅裂になってしまう。自分でもそれがわかったので、できるだけ集中して話そうと努力したが、そうしようとすればするほど、話は混乱するばかり。いつものことだ。ついにアイクランナは説明するのをやめ、期待をこめて女ふたりを見た。

「それは大変だったわね」一方の女がやさしくいい、同僚に意味深長なしぐさをする。

アイクランナは気づかなかったが。「その子をだれかが監督するようにするわ。爆発に居あわせたのが、たんなる偶然だといいのだけれど。そうでないと、両親にとっても困ったことになるでしょうし」

アイクランナは驚いた。そこまでは考えていなかったからである。それに、べつのことにも気づいた。だれが裏切ったか双子が知ったら、冷たくされるにきまっている。「わたしが自分でスターファイアと話します」と、あわてて提案した。「きっと話を聞いてくれると思うし、それに……」

「横になりなさい！」女がさえぎる。「いま、すぐに。そうでないと、あとでわたしたちが責任をとらなければならなくなるわ。さ！」

アイクランナは部屋にもどされ、鎮静剤を投与された。寝たふりをしようとしたが、薬が本当に効いてきて、混乱した夢の世界に落ちていく。

＊

スターファイアを探す者はいなかった。アイクランナが双子の監視役を買ってでようとしたことは、たくさんの人の知るところとなる。爆発現場に第二のロボットがあらわれたのは事実だと判明した。舞台衣装で変装したロボットではなかったが、現場でなにを探していたのかはわからない。しかし、内部にかなりの欠陥部分があったことは見おとせない事実だ。

ロボットの欠陥と爆発は謎の破壊工作と関係があるらしい。子供のいたずらなどではないのだ。未知の犯人は照明やスピーカーや空調シャフトの開口部などより、もっと大きな対象を選ぶようになっていた。危機的な状況が迫っている。

一時間後、人工卵白製造装置の配線が破壊された。被害も甚大で、死者一名、重傷者数名が出た。

＊

たいして期待もしないまま、フェザーゲームはもう十回以上、いつものかくれ場を調べた。警報が聞こえたときも、とくに気にしなかったもの。スターファイアが好奇心から事故現場にあらわれるかもしれないと気づいたのは、しばらくしてからである。だが、ついたときはすでに遅かった。ロボットたちが爆発の現場をかたづけ、初老の《ソル》生まれがひとり、修理作業を監視している。

トルボロス老人のキャビンの前に立つ。老テラナーはやはり《バジス》にうつっていた。そのとき、ふたたび船内に警報が鳴りひびく。フェザーゲームは躊躇した。こんどはスターファイアに先んじることができるか？　彼女を見つけられる確信はある。だが、まず室内をたしかめよう。ほんの数秒だ。

キャビンの扉を開けた瞬間、スターファイアが出てきた。すんでのところで衝突しそうになり、

「ちくしょう……」と、いって、追いかける。角を曲がってまたかくれようとした少女を、ようやくつかまえた。

「ほっといてよ！」と、スターファイアはののしり、身を振りほどこうとする。

「なんでさ」と、フェザーゲームは応酬。「なにがあったか話してくれよ。なぜ、かくれるの？　ずっと探していたんだぞ」

スターファイアはこれ以上かくしきれないと思ったらしい。いずれ、すべて説明しなければならないのだ。そうしないと、いつまでも追いかけられるだろう。逃げまわってばかりはいられない。それにおなかがすいて、疲れていた。

「家に帰らない？」と、提案する。「あそこのほうがしずかだから」

フェザーゲームも同意した。

両親のキャビンはひとけがなく寒々としているが、いまはそれが好都合だ。自動供給装置にはきょうだいふたりぶんのデータが入力されていて、充実した食事を提供してくれる。スターファイアは睡魔に襲われたらしく、自然にまぶたが落ちてきた。食事後、シートにすわってまるくなり、たちまち寝いってしまう。また逃げるかもしれないので、フェザーゲームは目をさましているつもりだった。だが、やはり眠気には勝てない。

少年が目をさましたのは、だれかが自分の肩を軽く揺すったからだ。朦朧《もうろう》としたまま、周囲を見まわして、仰天した。

目の前に男が立っていたのである。これまでに二回くらいしか見かけたことはないが、だれかすぐにわかった。情報チャンネルでスクリーンにしょっちゅう登場する顔だったから。

「レジナルド・ブル？」やはり目をさましたスターファイアがそうつぶやき、不安げに男を見る。

フェザーゲームは必死に自分をおちつかせ、

「なにかご用ですか？」と、つとめて冷静な口調で質問した。

＊

ブルはふたりの子供を見て、自問した。どうして自分はここへきたのだろうか。例の事件にこのふたりが関係しているというのか？　イルミナ・コチストワがスターファイアのようすをみてくれといったのは、どういう意味か？

ひと目見ただけでは、どっちが少年でどっちが少女かすらわからない。ふたりとも、明るいブロンドの髪を短く刈りこんでいる。寝起きの顔は弱々しげだ。それでも、褐色がかった皮膚と特徴的な暗いブルーの瞳が、どこか異彩をはなっている。

ブルは咳ばらいをした。

「きみたちに挨拶したいのだが」と、切りだして、「どっちがスターファイアかね？」

少女がおずおずと手をあげる。

「イルミナ・コチストワが心配していたぞ」と、テラナーはつづけた。シートをさししめし、「腰かけてもいいか？」

子供たちはうなずいた。動作がみごとに同期している。声も区別できないほど似ていた。しかも、ふたりともこの年代の子供たちが好む、ゆったりとした船内作業服を着用しているので、どうやって見わければいいのかわからない。

それでも、徐々にわかってきた。双子はその世界観のようなものが違うらしい。フェザーゲームは好奇心の塊りだ。なにも見逃すまいと、いつも目を見ひらいて、よく笑い、気にいらないことには素直に反応する。スターファイアは内気な印象だ。見られていると感じると、視線を下に落としてしまう。最初は臆病な感じをうけたもの。だが、ブルはすぐに見ぬいた。少女はこの年齢には似つかわしくないほどの、自制心の持ち主だと。

子供たちが動きはじめると、それほどじっと観察しなくても、ふたりの差がわかるようになった。スターファイアのベルトは黄色で、フェザーゲームのはブルーだったから。これも巨大宇宙船で暮らす子供たちの特徴だ。かれらは重要でない点まで、ルールを遵《じゅん》守《しゅ》する。《ソル》生まれたちは赤とグリーンという補色の組みあわせを忌みきらっていた。ブルーと黄色なら、重度の色覚障害者でも容易に区別できる。

「わたしは元気です」スターファイアが用心深く答えた。

レジナルド・ブルはうなずく。ここにきたことを後悔し、自分に腹をたてて、とっくにほかのことを考えていた。目下の関心事は、だれがこの破壊工作をひきおこしているのかということ。事件は看過できない段階にきている。ガヴロ・ヤールはすでに、ジェント・カンタルとともに《ソル》を出るよう要求してきた。容疑者ふたりが視界から消えれば、それで問題が解決するかどうか、すぐに明らかになるから。

「イルミナ・コチストワに話しておこう」そういって、立ちあがる。「きっと安心するだろう」

だが、すぐに立ちどまった。フェザーゲームが行く手をさえぎったのである。

「しばらくのあいだ、スターファイアがあっちに行ってもいいですか？」と、少年は質問した。

「《バジス》へ、という意味か？」

「もちろん」

ブルはあきれ顔で相手を見た。

《バジス》にうつったテラナーのなかには、また《ソル》にもどりたいと申請する者がいる。無分別のきわみといえるが、センチメンタルな感情が動機となっている場合もすくなくない。だが、《ソル》生まれが《バジス》に行きたがるなどという話は聞いたことがなかった。好奇心のなせるわざなのか。

「それはむずかしいな」そう答えながら、ブルはフェザーゲームの発言の意味を必死に考えた。「現在の状況について、きみたちがどれほど知っているのかわからないが……

……」

「ウィンガーに包囲されているんでしょ？」フェザーゲームがいった。「それは知ってます。でも、ガヴロ・ヤールはウィンガー船のあいだを飛行してきましたよ。そっちのほうがもっと大変じゃなかったんですか？」

「たしかに。あれは危険な行為だ。しかも、危険にさらされたのはガヴロ・ヤールだけではない」

フェザーゲームは顔をしかめた。

ブルはいらだった。いうべきではなかったかもしれない。あのように唐突な計画がひきおこす混乱について、子供たちになにがわかる？

「わたし、《バジス》になんか行きたくない！」スターファイアが口をはさんだ。「そこでなにをするの？」

「でもさ……」

フェザーゲームはそれ以上いえないと理解したらしい。ブルはそう感じた。スターファイアがきょうだいをわきに押しのけて、前に出てくる。目をらんらんと光らせてテラナーを挑戦的に見あげ、

「出ていってください！」と、要求。全身を震わせ、目には涙があふれている。地団駄を踏みながらテラナーをしっかりと見すえた。ブルは当惑して視線をそらし、

「《バジス》の件はわかったが」と、ちいさな声で、「ほかになにかきみの手助けをできないか、考えてみるよ」

フェザーゲームは扉のところまでブルに同行し、

「あの……」と、話しはじめたが、スターファイアがそれを制した。

無人の通廊に出たレジナルド・ブルは手で顔をなで、混乱したままかぶりを振る。一瞬、謎の破壊工作者のことも忘れたほど。しかし、それはわずかな時間だった。中央デッキにもどるために反重力リフトのところにくると、ロボットと興奮状態の《ソル》生まれ数名が入口をふさいでいた。

反重力プロジェクター二基が故障している。ふだんは利用者が多いリフトだが、奇蹟的にだれもいなかったようだ。ブルは故障の原因をたずねた。機嫌の悪い若者がいやいや答えたところによると、故障個所の特定は難航していて、まだしばらく時間がかかるらしい。

レジナルド・ブルは自分が歓迎されていないと感じ、居心地の悪さをおぼえた。腹をたてながら、遠まわりしてジェント・カンタルのもとにもどる。

「ドウク・ラングルが目撃されました」ブルが部屋にはいると同時に、カンタルがいった。「格納庫です。こっそりスペース＝ジェットに乗ろうとしていたらしい」

「それで？」

「発見されたので、逃げたそうです」

「《ソル》生まれにはそう見えた、ということじゃないか」と、ブル。「研究者の外見はわれわれとまったく違うから、その行動も間違って解釈されやすい。ドウクはスペース＝ジェットでなにをしようとしていたのだろう？　せいぜい《バジス》に飛行するぐらいだが、こっそりと宇宙船を調達する必要はないはず」

ジェント・カンタルは肩をすくめ、ブルが《バジス》と交信するようすを見守った。イルミナ・コチストワを呼びだしている。

「あの子ははっきりいいたがらない」ミュータントがうつしだされると、ブルはそういった。

「じゃ、会ってくださったのですね？」イルミナが意外そうな表情で答える。

「そうだ。わかったのはひとつだけ……あのふたりはひどく不幸だよ。だが、その理由を話そうとしない。なぜだろう？　わたしにあの子の話をした理由を教えてくれないか？」

イルミナは沈黙し、視線をそらした。映像にうつっていないだれかに、助言をもとめているように見える。

「わたしに《ソル》に行く許可をあたえてください」ついにそういった。「できれば、グッキーといっしょにジャンプしたいのですが。ウィンガーはきっと気づかないでしょう」

「それはわからないぞ」ジェント・カンタルが割ってはいる。「もしも気づいたら、かれら、疑い深くなる。だから、そんなまねはしないほうがいい。異人たちがミュータントの能力を知らないほうが、ずっと都合がいいのだから」

「たしかに」と、レジナルド・ブルが強く同意する。「きみを《ソル》に運ぶため、人を出そう。そんなに長くはかかるまい」

すこしためらってから、

「あの子になにがあった？」と、またたずねた。

答えはない。期待もしていなかったが。

ブルがカンタルの問うような視線をかわした直後、ジョスカン・ヘルムートが、その次にはガヴロ・ヤールが連絡してきた。《ソル》生まれたちはおちつきを失いはじめている。未知の破壊工作者の攻撃がはげしくなり、船の球型部分にまでおよんできたからだ。

テラナー二名の頭から、双子とイルミナ・コチストワのことは消えさった。《ソル》生まれ同様、かれらにとっても、犯罪者を特定・逮捕することが大きな関心の的だったのである。

だが、この人物は特殊な不可視性の持ち主らしい。高感度の探知機ですら、その痕跡をたどることはできなかった。

4

スターファイアはシートにうずくまり、顎を膝の上にのせた。フェザーゲームが根くらべに負け、監視をやめて仲間たちのもとにもどるのを待っているのだ。そのときがすぐくるとは思ってはいなかった。フェザーゲームはくつろいで娯楽プログラムに集中しているから。

少女は《ソル》でいま起きていることを考える。すると、不快感がつのり、目前にかたちをともなってあらわれた……水耕栽培装置として。そこでは植物がきちんと分類され、将来的に必要になるものは水槽にいれられる。そのほかの植物は専用の装置に休みなく送りこまれて破砕され、脱水・圧縮固化されて、もよりの施設で再利用されるのだ。やがて空気と水の処理技術が完成したら、最後にのこった植物も存在意義を失うだろうが。

たぶん《ソル》生まれは、ごくわずかな観賞用植物のみを生かしておくことになろう。

スターファイアの頭に殲滅《せんめつ》マシンが浮かんだ。

同時に、祖父を思いだす。

祖父の任務は、実際には保守の必要がまったくない技術装置の整備だった。祖父はこの意味のない仕事を、どれほど呪っていたことか。技術装置に向かい、こんなことをいっていたっけ。

「待っていろよ。そのうち剪定《せんてい》ばさみと大きなハンマーを持ってくるからな。それでおまえを分解し、べこべこに曲がった鉄板の山しかのこらないようにしてやるさ」

スターファイアは剪定ばさみとハンマーを思いうかべた。植物をむさぼり食う怪物装置とイメージを重ねあわせ、笑わずにはいられない。空想の世界で謎のはさみが巨大化し、開いたり閉じたりして、怪物装置をちいさく切りわける。それらを巨大ハンマーが轟音《ごうおん》とともにたたきのめし……

そのとき、フェザーゲームが音楽プログラムのヴォリュームをあげた。空想世界をじゃまされたスターファイアは腹をたて、音量をさげるかヘッドフォンをするかして、と、たのむ。

また、剪定ばさみとハンマーが思考のなかにもどってきた。スターファイアは装置をでこぼこにする空想に楽しくひたる。そのため、遠くで警告サイレンが鳴ったのにも、フェザーゲームがいきなり跳びあがり、ぎょっとしてスクリーンを見ているのにも、気づかなかった。少年はスターファイアを一瞥《いちべつ》し、スクリーンのスイッチを切ると、急いで走りさる。

いまならだれにも妨げられずに逃げられる、という考えが脳裏をよぎった。しかし、じっとすわって夢みるのが楽しくなってきたのもたしかだ。そうしていれば、思いだしたいことだけを思いだせる。とりあえず、剪定ばさみとハンマーをイメージする遊びはとてもおもしろい。

なぜ、もっと前から空想遊びを思いつかなかったのだろう。なにかを破壊して興奮をしずめたい、という欲求に駆られることはしばしばあったが、これまでうけた教育のせいで、そうした行為を思いとどまっていたのである。さまざまな相違があるとしても、スターファイアはやはり《ソル》の子供だった。この環境で子供たちが早い時期にたたきこまれる知恵のひとつは、操作方法を学ぶまでは技術装置に近づかないこと。どんなにばかげたいたずらをしたとしても、この種の装置には手を出さない。だから、フェザーゲームが罪のないロボットにあのようなふるまいをしたのに驚かされたのだ。

頭のなかだけの破壊ゲームで、少女はいくつもタブーを破った。空想上の剪定ばさみやハンマーで、乗員の生死にかかわるほど重要なエンジン室、格納庫エアロック、空気再生装置といった設備を破壊したのだから。

そのとき突然、扉が開き、驚いて空想からさめた。フェザーゲームかと思って目をあげる。

だが、そこに立っていたのはシート・クッションのようなかたちの生物だった。上面にはだれかが長い羽根の束を植えつけたらしい。脚は四本で、ベルトをつけている。

スターファイアはそれがテルムの女帝の研究者、ドウク・ラングルだと知っていた。好奇心もあらわに異人を見つめ、じっと待つ。どんな用があってきたのだろう。《ソル》生まれたちがドウク・ラングルを例の破壊工作の一容疑者にくわえていることは、知らなかった。

*

「きみがスターファイアか？」と、機械音声がいう。

少女は驚かなかった。トランスレーターの声を聞くのはこれがはじめてではない。機械音声のほかに、ドウク・ラングルが口笛のような音で未知言語をしゃべるのが聞こえても、動じなかった。目の前に立っている生命体は人間のジェスチャーがわからないかもしれない。自動的に相手にあわせ、

「わたしはスターファイアよ」と、答える。

「地球のことは忘れなさい、スターファイア」と、ドウク・ラングル。「そうでないと、きょうだいと別れて《バジス》に行かなければならなくなる」

少女は異人を凝視していたが、

「いいえ」と、ついにちいさな声でいった。「それはできないわ」

「なにができない?」

「地球を忘れることも、フェザーゲームをひとりにすることも」と、スターファイア。

ドウク・ラングルは沈黙した。なにか必死に考えているように見える。

「ほかの解決方法はないのか」と、異人。「だから、決めなくては。どちらもきみにはつらい決断だろう。それはわたしにもわかる。だが、両方をかなえるのは無理なんだ」

「わかってる」スターファイアが応じた。なにかに集中するような表情で、「なんとかしないと。でも、わたしが地球にあこがれるのは自由でしょ? だれにも迷惑をかけないのだから」

「きみ自身が苦しむことになる」

「それはわたしの問題よ」

ふたたびテルムの女帝の研究者は躊躇して、

「もう一度よく考えるんだ」と、提案。「またくる」

ドウク・ラングルが姿を消すと、スターファイアは不思議そうにかぶりを振る。また扉を閉め、心地よい白昼夢にひたろうとしたとき、自動装置が音をたてた。だれかが呼びだしている。

「両親はいません」と、機械的に応じた。

スクリーンが明るくなる。

なんと、そこにうつしだされたのはイルミナ・コチストワだった。

「《ソル》に用事があったものだから」と、ミュータント。「それで、あなたにも会えないかと思って。なにかべつの約束がある？」

「いいえ」動揺しながらスターファイアは答えた。なぜ、急にいろいろな人がわたしにおせっかいを焼くのだろう？「いまどこにいるの？」

「司令室の近くよ。トルボロスがキャビンに忘れ物をしたので、《バジス》に持ってきてくれとたのまれたの。これから行くところだから、そこで会いましょう。いい？」

スターファイアはうなずき、意外な再会をよろこんだ。イルミナがいなくて寂しかったことにようやく気づく。

おかしな話だ。両親が出かけて数日たつ。ふたりがいなくても平気なのに、ミュータントと再会できるとわかっただけで、こんなにうれしいなんて。

＊

イルミナ・コチストワは、謎の破壊工作についてレジナルド・ブルからくわしい説明を聞くのをあきらめていた。ブルは本当になにも知らないか、なにもいわないと決心したか、どちらかだろう。

はっきりしているのは、すべての被害が比較的、単純な原因によるということ。技術装置の部品が切断され、裂かれ、でこぼこになったりゆがんだりしている。未知の破壊者は無差別に攻撃しているのだろう。破壊されたのがそれほど重要でない部品なので、潰滅的な被害はいまのところまぬがれている。すぐ隣りにかんたんに爆発させられる装置などがあるのを考えると、犯人の破壊行為は効率性とはほど遠く、不合理だった。接近するのが困難な場所で被害が出ることもしばしば。どこまでもつづく長くてせまい保守用通廊を這って進み、どうでもいいような梁《はり》をねじ曲げるなんて、正気の人間がすることではない。それとも、ふつうの人間にはわからない計画が進行しているのか。

イルミナがレジナルド・ブルからほとんど情報が得られず腹をたてる一方、ブルのほうはミュータントがスターファイアに関する質問に答えなかったのでいらだっていた。少女のことばかり心配して、ほかの問題はどうでもいいというのか。ブルは不満げに鼻を鳴らした。

なにかある。イルミナは《ソル》にくるためには手段を選ばないようすだった。ちいさな少女の悩みを解決するだけのために、そこまでするものだろうか。

そのころイルミナ・コチストワは、《ソル》船内がすっかり変わってしまったことに当惑していた。

たんに改造が進み、倉庫が新しい施設になり、船内放送設備が一変したからではない。

こうした変化が、宇宙船の魂にまでおよぶような根の深いものだったからである。

これまでなかったような雰囲気が《ソル》の生活を支配していた。《ソル》生まれはとっくに数のうえで優勢となっていたが、かれらが独自の文化と文明を持っていたことに、ミュータントははじめて気づかされる。《ソル》生まれはこれまでずっと、特殊な地下共同体を形成して住んでいたようなものだ。テラナーがついに出ていったいま、かれらは地下から姿をあらわし、テラナーの欲求を満たすためにあったすべての装置に猛然と手をくわえている。

前からよく知っている休憩室の前を通った。調度は以前のまま。しかし、惑星の風景画はいつのまにか奇妙なグラフィックや宇宙の描写に変わっている。もっとも好まれているモティーフは空虚空間だ。ほとんどわからないほどぼんやりした《ソル》の外被に光が反射し、遠くの銀河の点が霧のように描かれている。前景に描かれたスペース＝ジェットも、不気味な大宇宙の漆黒のなかで、見失いそうにちいさい。隣りにならんでいるのは、未知宇宙船の図版や、むきだしのまま宇宙空間を移動する物質の塊りの写真である。

身震いしてイルミナは背を向けた。

これから先、どうなるのだろう？　この変化がどうなっていくか、《ソル》生まれたちはわかっているのか？　自分たちが軽蔑する惑星とまったくコンタクトせずに生きていけると、本当に思っているのだろうか？

すくなくともひとつの点について、ソラナーは現実を直視する必要がある。水の備蓄はまだ完全に独力ではできないのである。だが、貴重な水を運んでくる宇宙船には、人間ではなくロボットが乗り組むことになるだろう。

ミュータントの目の前に愉快ではない幻覚が見えてきた。それはこうだ。

新しい状況に順応できないロボットたちが向かった惑星には、水だけでなく知性体が存在する。その知性体がロボットを閉めだし、《ソル》にやってきたとしたら……この船の乗員たちは、一世代、十世代、または百世代がすぎても、こうした不意の襲撃に抵抗することができるだろうか？　それとも、あらゆる侵略者に対し、なすすべもなく生《い》け贄《にえ》となるのか？

いや、もしかしたら《ソル》生まれがテラナーから離反したように見えるのも、真の計画をカムフラージュするためかもしれない。かれらは以前、宇宙船と一体化した自分たちを、超越知性体に比肩する存在だと考えたのではなかったか？　《バジス》のスタートを待って、自分たちの支配領域を拡大しようとしているのでは？

ミュータントはみずからを戒めた。こんな考え方をしてはいけない！

おかしな想像はやめなければ。《ソル》生まれは超越知性体ではないし、短期間でそれほど高い存在にのぼりつめることはできない。数十万の居住惑星にとっての脅威となりえないことはたしかだ。逆に、かれらのほうが没落の危機にさらされるだろう。

スターファイアと会う約束の居住セクターにやってきた。なんとなく、少女に危険が迫っている気がしてならない。思いちがいならいいのだけれど。スターファイアはミュータントのようだが、その能力はまだ眠っている。イルミナ・コチストワは自分自身の経験から、感情が先行するような極限状態で能力が突然あらわれることを知っていた。そのために周囲の者たちだけでなく、ミュータント本人が困難におちいることもしばしばある。

スターファイアはすでに待っていた。トルボロス老人のキャビンの前に立っている。少女の第一印象にはまったく変化がない。

イルミナ・コチストワはひそかに安堵の息をもらした。

スターファイアのようすは好奇心と猜疑心《さいぎしん》が半々といったところ。トルボロスが《ソル》船内に忘れ物をしたという話をたんなるいいわけだと思っているらしい。それはあらかじめ予測していた。だが、キャビン内に忘れ物があるのは事実なのである。イルミナはまっすぐ奥の戸棚に歩みよってボタンを押しながら、スターファイアの驚きの視線を確認し、ひそかに満足した。少女の知らないかくし場所は、ロッカーふたつにはさまれた目だたない仕切りだ。それほど多くのものは収納できない。そこから薄いフォリオの包みをとりだす。

「それはなに?」と、スターファイア。

「わたしにもわからないわ」イルミナ・コチストワはそう答えた。本当に知らないのだ。

「トルボロスから開けないようにいわれたの。プライヴェートな書類だからって」

包みを持つと、スターファイアのほうを向いて、

「ぐあいはいいようね」と、いった。「でも、すこし悲しそう。なにがあったの?」

「悲しくなんかない」スターファイアは小声でいって、涙をこらえている。ミュータントの右手が肩に置かれると、もうがまんできなくなってしまった。

イルミナ・コチストワはしずかに立ったまま、少女を思いきり泣かせた。問題はそれほど複雑でないかもしれない。そう思うとほっとした。スターファイアは悩んでいるが、それもじきに解決するだろう。できれば《ソル》に数日間滞在しよう、とイルミナは心に決めた。

*

少女は驚くほど早くおちつきをとりもどした。ミュータントはとりとめのない日常的な話題を提供し、スターファイアがいつものようにふるまうのを満足して眺める。がらんとしたキャビンはけっして快適とはいえない。イルミナは近くにある食堂に行こうと少女を誘った。そこでは、新鮮な食糧が調達できるときでも凝縮口糧と合成食糧しか食

べられないが、それを補うメリットもある。身分証明書がなくても、だれでも自動供給装置から飲み食いできるし、訪れる人がすくないのでじゃまがはいらないのだ。しずかなところで少女とゆっくりと話をしたかったのである。

途中、ふたりは複数の通廊が交差するところにあるちいさな公園を通った。水盤の周囲にちょっとした芝生があり、花や低木を植えたコンテナが一ダースほどならんでいる。《ソル》の居住セクターにはよくある緑地施設だ。イルミナ・コチストワは、人々がこうした場所を愛していると思っていた。

いま、その印象が覆《くつがえ》されようとしている。長いこといっしょに暮らしてきたこの宇宙船の人々を、本当に理解していたのだろうか？

思わず立ちどまった。

芝生は無残に踏みあらされ、褐色の下地が露出してしまっている。花はほとんどひきちぎられ、コンテナの横にしおれて放置されていた。植物が生えた状態のまま、ひっくりかえされているコンテナもある。

「どこもこんなじゃないのよ」スターファイアが聞きとれないほどちいさな声で、「行こうよ。ここにいてもしょうがないから！」

少女は急いでこの場をはなれようとした。イルミナもつづき、周囲を見まわして人を探す。こんな無残な乱暴を働いたのはだれか、きこうと思って。

だが、その思いはたちまち消えさった。背中がぞくりとするような恐怖を感じたのである。望遠鏡を逆さにしてスターファイアの姿を見ているような気がした……少女がちいさくなり、はるか遠くに立っている。と、その背後に巨大な構造物が姿をあらわした。よく見ると、運搬器具とシャベルひとそろいを持ったロボットではないか。その直後、さらに不気味な怪物が虚無から出現。大きなはさみのようなものが、じょきじょきとリズミカルに動いている。巨大なハンマーもあらわれた。はさみとハンマーはロボットに近づいていく。

イルミナ・コチストワは顔を背けた。はさみとハンマーがけたたましい音をたてながら、意識のなかに直接はいってくる。わきによろけると、指にひやりと金属の冷たさを感じた。はさみもハンマーも実在しているのである。

ぎょっとして見ると、ロボットは知らないあいだに縮んでもとの寸法になっていた。動きはがくがくしてぎごちない。外被の部品がへこんではずれ、腕が床に落ちた。たった数秒でロボットは屑鉄の山になる。あわれな残骸の前に、スターファイアが立ちつくしていた。

少女の目はヴェールがかかったようになり、かすかなほほえみを浮かべている。ロボットが動かないとわかると、笑みは消えた。

どうやら、夢からさめたらしい。両手をあげて叫び、ロボットの残骸を見おろしている。まるで、いまはじめて気づいたように。

イルミナ・コチストワは、突然なんの予告もなしに氷のように冷たい滝の下に立った気分になった。不気味なリズムがだんだんに弱まり、額に汗がにじんでくる。ひどい思いちがいをしていたようだ。

正常なものなど、なにひとつない。スターファイアをつき動かしているのは、時間がたてばおさまるたぐいの、うつろいやすい心の動きではないのである。

振りかえった少女を見て、イルミナはふたたび自制心をとりもどした。無理にぎごちなくほほえんでみる。破壊されたロボットを前に茫然としている子供には、それなりの効果があったらしい。

スターファイアはなにも理解していないようだ。イルミナはそれを幸運だと考えた。少女は震える手でロボットをさししめし、

「なにがあったの?」と、たずねた。「ひどいことになっている! これ、どこのロボット?」

「さあ、わからないわ」ミュータントはなだめるようにいって、「でも大丈夫。このロボットがいなくても、だれも困らないわよ。もう使い物にはならなそうだから。さ、ここから出ないと」

「でも……」

イルミナ・コチストワは少女を近くの通廊に押しだした。スターファイアがすぐにここを立ちさらなければならないのは明らかだ。それがすべてに優先する。

ほどなく、ふたりは殺風景《さっぷうけい》なグレイの食堂の、殺風景なグレイのテーブルにすわっていた。スターファイアは〝牛乳〟という名で呼ばれている合成飲料を飲む。ミュータントが自動供給装置からとりだした〝果物ジュース〟も合成品だ。

少女はロボットの一件を忘れたように見える。すくなくともそのことを話題にしない。ミュータントもこの話に触れないように気をつけた。カタストロフィを起こさずにスターファイアをこの状況から救出するには、どうしたらいいのだろう。

この子は自分の能力を自覚していない。イルミナ・コチストワは、少女がおのれの能力を自覚するまで、通常の状況ではすくなくとも二年はかかると踏んでいた。自分のなかにひそむ破壊力に気づかないケースもありうる。スターファイアが現在の葛藤から解放されれば、能力もいっしょに消えるかもしれない。もし消えなければ、今後も無意識に使ってしまうから、専門家の助けが必要になる。そうしないと、自分の周囲にあるもののすべてに脅威をあたえつづけてしまうだろう。

ロボットをあれほど暴れさせる力を持っているのだから。

だがスターファイアはあのとき、持っている力の半分も出していなかった。そう気づき、寒気《さむけ》がはしる。少女のなかに巣食っているのは、ロボット一体を破壊するどころの威力ではない。《ソル》を文字どおりばらばらに分解してしまうかもしれないのだ。しかも、本人は自分がしたことをまったくわかっていない！

イルミナ・コチストワは空《くう》に向かってほほえんでいるスターファイアをじっと見た。鳥肌が立つ。スターファイアのまわりにまたなにかの気配を感じたのだ。だが、今度ははさみとハンマーの映像は見えない。さっきは偶然にコンタクトが成立したのだろう。スターファイアの潜在意識がロボットとかかわったのも、やはり偶然だ。たしかなのは、少女の力がいつもは遠くにあるものに向けられているということ。

例の破壊工作者だ！

ミュータントはようやく理解した。不可解な破壊行為をひきおこした責任は、ほかでもないスターファイアにあると。いや、責任という言葉はあたっていないかもしれないが。

この子はいま、なにを考えているのだろうか？　おばけハンマーの一撃は、なにに向かって打ちおろされたのか？

イルミナ・コチストワは用心深く立ちあがった。スターファイアがぼんやりしたままこうべをめぐらせる。

「そのままずわっていて」ミュータントは小声でいった。「ちょっと用事があるの。数分でもどってくるわ。ここで待っていてくれる？」

スターファイアはうなずく。

殺風景な食堂の扉を閉めて外に出たイルミナは、気が軽くなった。スターファイアのそばにいると、爆弾の上にすわっているようだ。これまでのところ、少女は自分をジレンマにおとしいれた当事者たちとかかわりあう気はないらしい。いままでの事故は、不幸な偶然がひきおこしたものといえよう。だが、いつまでそれがつづくだろうか？

ミュータントは無人の通廊を急ぎ、連絡スタンドに向かった。

5

いまわしい破壊工作が中断したかどうか、という問いに、レジナルド・ブルはすぐに反応した。

「なにか情報をつかんだのだな？」と、ミュータントを叱責するように、「理由もなしに質問したのではないはずだが。だれが犯人だ？」

イルミナ・コチストワは黙った。ブルはいらいらしてこちらを見ていたが、やがて肩をすくめ、

「秘密にしたいなら、こっちから耳にいれたいことがある。《ソル》生まれがかなり騒がしくなってきた。かれらにつかまったら、嫌疑者の安全は保証できないぞ」

ブルはしばらく待つ。だが、ミュータントはこの脅しに屈しなかった。

「その未知者だが、ひと休みとはどんなものか知らないらしいな」と、ブルはため息をついて、「それでこっちにまで、ロボットに破壊行為をさせた嫌疑がかかっている」

イルミナ・コチストワはじっと考えこんで、

「それなら《ソル》生まれたちにも、ドウク・ラングルが破壊工作者でないことはわかるでしょうに」と、つぶやいた。「かれが定期的に反重力ハチの巣シリンダーにはいる必要があるのは、だれでも知っていますから」

ブルは口もとをゆがめて笑った。

「ラングルはなんでもできると思われているからな。だが、わたしも徐々に興味が湧いてきた。きみが発見したことを教えてもらいたい。あの子供が関係しているのではないか？」

ミュータントはその質問を予測していたので、眉ひとつ動かさず、平然として、

「なんとなくおかしいと思っただけです」と、軽くうけながす。

レジナルド・ブルはいぶかしげに彼女を見て、

「たしかに、そんな顔をしている」と、確認し、「幽霊に会ったみたいな顔を」

ミュータントは通信を一方的に切った。ブルが実際に正しい見当をつけたとしても、あわてずに黙っていてほしいもの。だが、状況が切迫しているのはたしかだ。《ソル》生まれたちはいらだっている。船内に超能力を持つ子供がいて、宇宙船を分解することもできると知ったら、かれらは過敏に反応するかもしれない。それをイルミナは恐れた。

スターファイアが無意識に行動していることなど、考慮しないだろうから。

イルミナ・コチストワは持って生まれた能力のおかげで長命であり、ミュータントと

してさまざまな危険を正しく判断できる。現時点で最大の危険は、スターファイアが真実を知ることだ。少女はそれを克服できるほど大人ではない。

それに、きわだった特性を持つとはいえ、《ソル》生まれであることに変わりはないのだ。この巨大宇宙船に敬意をいだいているから、船内のものを破壊するなど思いもつかないだろう。そのことを忘れてはならない。おのれの意志に反する事件をひきおこしたと知ったら、平静ではいられないはず。そのとき、あの子の潜在意識がどういう挙に出るか、予測もつかない。恥ずかしさのあまり、自分がしたことの痕跡を消そうとして、宇宙船そのものを潰滅させるかもしれないのだ。

もちろん、それはひとつの可能性にすぎない。このセクターで実際にそんなことが起こらないよう、願うばかりだ。自分や《ソル》や船の全乗員のみならず、スターファイア自身にも危険がおよぶだろう。

「あの子を連れだしてください」トランスレーターを介して、ドウク・ラングルの声がする。

ミュータントは仰天して振りかえり、研究者を見た。

「どの子のこと？」

「あの子といったら、あの子のことです」と、ドウク・ラングル。「わたしはこの件でスターファイアと話そうとしました。だが、彼女はなにが起こっているのか、全然わかっていないようで」

イルミナ・コチストワは慎重にうなずく。

研究者の発言にどう反応したらいいか、わからないのだ。それでも、話せる相手が見つかってうれしい。ドウク・ラングルの反応はいつも的確である。イルミナはかれを信頼していた。

「あの子のこと、だれかと話した？」

「いや」と、研究者。扇形の感覚器官が動いている。動揺しているようだ。「さっき、活動が短時間だけ停止しました。あなたには少女をおちつかせる力があるようです」

ミュータントはロボットのことを思いだし、思わず身震いした。

「あの子は、あなたにはなにもしませんよ」と、ドウク・ラングル。イルミナの反応を正しく理解していないらしい。

「それを恐れているのではないけれど」と、イルミナ・コチストワはいった。「ことはそう単純ではないから困っているの。スターファイアがおちついているのは、せいぜい短時間だけ。問題の根は深いわ。その根がどこにあるのかすら、いまはわからない」

「地球にあるのです」研究者が即答する。

「たしかに、あの子はテラに行きたがっているわね」ミュータントは考えながら、「そのあこがれにどんな意味があるのか、よくわからないけれど。おじいさんがテラにいるといっていたわ。子供は時間がたてば別離の悲しみを乗りこえるというけれど……」

「表面上はそうですが」と、ドウク・ラングルは同意して、「あの子は特殊なタイプの潜在的テレキネスです。スターファイアの祖先についてくわしく調べれば、もっとよくわかるはず」

イルミナは驚嘆して異人を見た。

ドウク・ラングルは内気で臆病な印象をあたえる。だが、なにかことが起きると、驚くほど反応が早い。しかも、その説明は論理的で人をひきつける。

潜在的なプシ能力を持っている人間はよくいて、けっしてめずらしい存在ではない。だれもそれに気づかないケースがほとんどだ。気づいたとしても、さまざまな理由から、かくしもった能力を使わないほうがいい場合が多い。すべてのプシ現象がポジティヴな結果を生むとはかぎらないから。

スターファイアが祖父を慕い、どんな方法を使っても近くに行こうとしていることから考えて、この老人にも一定の能力があると推測される。おそらく、ミュータントだが自分の能力を知らず、仲間たちからもごくふつうの人間としてあつかわれていたのだろう。

祖父と少女のあいだには感情のコンタクトがあったのかもしれない。その関係がふたりの能力を封じこめ、たがいの依存度がさらに高まったのではないだろうか。イルミナ

・コチストワは自問した。老人は地球でなにをしようとしているのか？　スターファイアとの別離がなにか決定的な影響をあたえてはいないか？
ある程度の情報はある。遠い故郷惑星で起きた出来ごとについて、《バジス》にはくわしい報告書があったから。テラにミュータントがいるとうかがわせる記述もある。しかも、能力が不充分な者や、能力を人に知られないようにかくしている者もいるらしい。だが、記述はすべて漠然としていて、スターファイアの祖父に関係があるのかどうかわからなかった。この機会に、祖父がなんという名なのか、これまでわかっていない詳細情報があるかどうか、早急に調べてみよう。そうした情報があればあるほど、少女を救う方法がわかるというもの。

「スターファイアが平穏をとりもどせる場所はひとつしかないようね」と、イルミナ。「あの子を連れて《バジス》に行かなければ。それから地球をめざすわ」

ドウク・ラングルは沈黙している。

ミュータントは自分の主張を研究者が認めてくれるのを待った。だが、異人は動かない。イルミナはがっかりして、そっぽを向き、

「あの子のところへ行きます」と、いった。「《ソル》生まれたちがあなたを探していると聞いたわ。そんなにあちこちうろつくのは不用心じゃないかしら？」

「あなたはわたしを裏切ったりしないでしょう」

「でも、ほかのだれかの目につくかもしれないわよ！」

ドウク・ラングルは答えない。振りむいたとき、その姿はなかった。

イルミナはあわててもとの場所にもどり、スターファイアがそこにいるのを確認してほっとする。少女はミュータントを期待に満ちた目で見た。

＊

「前にテラに行きたいといっていたわよね」イルミナ・コチストワは言葉を選びながら、「いまはどうなの？」

「ここを出られないもの」と、スターファイア。

少女は急にまた絶望に襲われたように見える。イルミナは驚いてさっと身をひいた。また巨大工具ふたつが登場するのか？　こんどは自分が標的では？　スターファイアの潜在意識は、重大なテーマを口にした人物に向けられるのか？

「おちついて！」イルミナ・コチストワはあわてていった。「ゆっくりふたりで話しましょう！　まだなにも決まっていないんだから、あなたがいやがることを強制したりしないわ。なぜ《ソル》を出られないの？」

少女はためらった。いますぐにでも、夢の世界にひきこもってしまいそうだ。そこでは苦しみから守られ、おちつくことができるのだろう。その夢が現実の世界にどれほど影響をあたえているかは、わかっていない。

「わたしに話して！」と、イルミナ。「どうやったら助けてあげられるの？　いまは夢をみている場合じゃないのよ」

スターファイアはあきらめたようにこうべを垂れ、

「わたし、《ソル》の一員だから」と、ためらいながら答えた。

「たしかにあなたは《ソル》生まれだけれど」イルミナが慎重に訂正する。

「それ、なにか違いがあるの？」

「かんたんなことよ。わたしたちは人間なの。《ソル》にいようと《バジス》にいようとね。感傷的ないいわけを考えだすのは人間の特徴といえるけど、《ソル》生まれも例外ではないわ。でも《バジス》にうつった人もいるでしょう？　かれらは《ソル》生まれだけれど、自分の宇宙船に対する帰属意識はそれほど強くなかった。それはあなたにもあてはまるわ。移住した人たちにはそれなりの理由があるの。テラナーの自覚を持つ人を愛しているとか、その人に責任を感じているとか……まったく逆の関係もなりたつわ。大切なのは、どこで生活するかだけではなく、心地よく感じられるかどうかよ。地球にそれほど行きたいのなら、《ソル》にいるのはよくないんじゃないかしら。どこへ行きたいのか、じっくり考えてみる必要があるわ」

スターファイアは黙っている。

「地球ではおじいさんがあなたを待っている」と、イルミナは口に出したが、心のなかではこう考えた……

もし待っているとしても、この子をとっくに忘れているかもしれない。もう生きていない可能性もある。テラに帰還したとき、かれは何歳だったのかしら？

「でもここには」と、また声に出して、「両親ときょうだいがいる。だれがいちばんだいじなのか、自分で考えないとね！」

とはいえ、幼い少女がこんな決定をくだせるものなのだろうか。そうはいくまい。突然、またあの奇妙な表情がスターファイアの目に浮かんだ。いますぐにでも空想世界に舞いもどってしまいそうなようすである。

イルミナは唇をかんだ。

自分には荷が重い。スターファイアのことはよく知っていて、これまではあつかいやすい子だと思っていた。だがいま、少女はひどい葛藤に苦しんでいる。

本来なら、経験のある心理学者でないとだめなのかもしれない。

だが残念ながら、選択肢はなかった。なにが起こっているかもっと早く気づいていれば、打つ手があったかもしれないが、もう遅すぎる。心理学者たちも、ミュータント化した子供のあつかいにまで精通しているとはいえまい。

「あなたはさっき」と、ミュータントは思いきってつづけた。「《ソル》の一員だといったわね。でも、この宇宙船にどうしても必要な存在だといえるかしら」

スターファイアは弱々しく笑った。

「でしょう?」と、ミュータントはうなずき、「それだけでも一歩前進よ。あなたが《バジス》に行ってしまったら、残念がるのはだれ?」

「フェザーゲーム」間髪《かんはつ》をいれずに少女がいった。

「そう」と、イルミナ。「かれは地球に行きたくないの?」

「ぜったいいやだって」

「なぜ?」

スターファイアは答えられない。

「フェザーゲームと話してみましょう」イルミナは一歩もひかない覚悟である。いまはどんどん話を進めたほうがいい。だが、双子のきょうだいをひきずりこむことに意味があるのだろうか?

ともかく時間を稼ぎ、少女をなにかに没頭させなければ。ドウク・ラングルがいうには、スターファイアはイルミナが話しかけているときは活動性が低下するらしい。参考になる情報だ。それに、レジナルド・ブルの話から推測すると、少女の潜在意識は寝ているときにはおとなしい。つまり、関心をべつのことに向けさせるのが唯一の解決策となる。

スターファイアがまた夢の世界にもどり、危険な空想遊びに没頭しないよう、気をつけなければ！

「フェザーゲームはいまどこ？」と、イルミナ。

「わからない。最後に会ったのは両親の部屋よ。わたしを探すときにはフェザーゲームは真っ先にそこにくるの」

「その部屋でかれを待ちましょう」ミュータントは決めた。「いらっしゃい。ここにいると息がつまるわ」

途中、さっきと違う経路を通るように気をつけた。それでもやはり、ちいさな緑地施設を通ることは避けられない。そこは破壊されていなかった。両親のキャビンにはいり、扉を閉めたとき、イルミナは安堵したもの。

すでにフェザーゲームはそこできょうだいを待っていた。ミュータントを見て怪訝《けげん》な顔をしている。

＊

少年に秘密を打ちあけるべきだろうか？

フェザーゲームがスターファイアやほかのだれかに秘密をもらすのを心配しているのではない。この宇宙船の子供たちには特徴がある。子供はだれでも両親を愛しているものだが、ここの子供たちはほかの共同体に属する同年代より独立心が旺盛なのだ。秘密もかならず守る。かれらのいたずらの犠牲者になってみれば、そのことがよくわかるだろう。

双子たちのあいだに特殊な結びつきがあるのかどうか、イルミナにはよくわからなかった。プシ能力を持っているのはスターファイアだけかもしれない。だとすれば、少女の問題を教えないほうがいいだろう。すくなくとも、いまの段階では。

「スターファイアは地球にあこがれているようね」と、イルミナ。フェザーゲームは黙ってうなずいた。「《ソル》にいるように強制すると、病気になってしまうのではないかと心配しているの」

フェザーゲームは心外だったらしく、

「強制なんて、だれもしてないよ！」と、いきりたった。

どうやったら子供たちに、この種の強制について説明できるのだろう？　実際に体験してみないとわからないようなことを話しあっても、無意味かもしれない。

そもそも、この年代の子供を信頼していいのだろうか？

困りはてて双子を見るうち、急にグッキーを思いだした。イルトなら、こんなときに相手の思考を見ぬける！　いま必要なのはそういう能力ではないか。同時に、ある考えが浮かんできた。

スターファイアがテレキネスだと、なぜわかったのか？　それは、ロボットを破壊した不気味な道具を見たから。経験の浅いテレキネスはよくこういう思考イメージを用いる。対象の把握が容易になるからだ。それはわかるとしても、明らかに巨大ばさみとは関係がない、ちがう種類の破壊行為もあったではないか。もっと狡猾《こうかつ》で、符合しない点がいくつもある。

ドウク・ラングルの形容を借りれば、スターファイアは特殊なタイプのテレキネスだとか……

この点については、あとでまた考える必要があるだろう。

「スターファイアはどうも幸せではないようね」と、イルミナは少年を見ていった。

これから勝ち目のない戦争におもむく気分である。だが、《ソル》とふたりの子供たちを脅かすすべてのものと、戦わなければならない。

「スターファイアがどれほど不幸か、あなたが理解することがだいじなのよ」と、つづけた。「そうでないと、彼女が《ソル》にいられないわけが理解できないでしょうから」

6

ドウク・ラングルは巨大宇宙船のなかを歩きまわっていた。とくにかくれているわけではないが、《ソル》は広大なので、慎重に行動し、人の多い場所に注意すれば、乗員とばったり出会うのを回避できる。

テルムの女帝の研究者は、ロジコルの助けもあって、破壊工作の背景をかなり早い時期につかんでいた。スターファイアと接触するまでには、すこし時間がかかったが。それが成功したのは、イルミナ・コチストワがプシオン放射生物のいる謎の惑星から救出されたとき、ラングルがローダンのそばにいたからである。自分自身が驚くほど、状況をすぐに把握できた。そして、イルミナよりも先に、この出来ごとの特殊性を知ることになる。

《ソル》生まれに嫌疑をかけられる前から、かれは調査をしていたのだ。

グッキーの訪問は子供たちのいい思い出になっている。ふたりの関係はそのときから生まれたらしい。

スターファイアはたんなるテレキネスではない。ドウク・ラングルは超心理的問題についてくわしくないが、少女の持つパラ能力がよく知られたもののひとつであるとは思えなかった。自分の苦悩を宇宙船にぶつけるため、テレキネシスを無意識のうちに使っているからだ。スターファイアはグッキーとテレキネシスでコンタクトしたことがある。ネズミ＝ビーバーはお得意の方法で少女を浮上させたもの……

ドウク・ラングルはミュータントの能力とそれを体験した相手の感覚について、調べてみた。秩序が乱れてしまった《ソル》での調査は、かんたんではなかったが。子供はテレパスの目だたない能力よりも、テレキネスの不思議な力に鋭敏に反応するらしい。さらに、テレキネシスの作用はどの段階でも直接的、意識的に知覚できる。これと対照的なのが、たとえば受動的にしか体験できないテレポーテーションだ。超能力を持たない人間は自分ではジャンプできないから。

ラングルが聞きだしたかぎりでは、スターファイアが直接コンタクトしたミュータントは二名だけ。イルミナ・コチストワとネズミ＝ビーバーである。イルミナがなにをしたのかは、詳細にはわからない。だが、少女に直接、超能力を使ったことはないようだ。すると、スターファイアはネズミ＝ビーバーを無意識のうちにまねたのだろうか？しかも、破壊的な方法で。

ドウク・ラングルはこの疑問を先のばしした。よくも悪くも、自分の知識を披露するときがこないことを望みたい。イルミナがなんといおうと。だが、スターファイアがこれまでと違うかたちで活動をはじめたら、話はべつだ。テレキネシスだけでも充分に危険なのに、それがほかの超能力と結合したら、カタストロフィは避けられない。

そうなったら可能性はただひとつ。少女を《ソル》から出すことだ。

でも、どうやって？　ちいさな少女を安易に船からほうりだせるはずがない。ウィンガーの宇宙船が、招かれざる客がしくじるのをじっと待っているような状況なのだから。

当分のあいだ、自分はみずから選んだ任務をはたすことになるだろう。

もしも何者も介入しないのであれば、自分が騒動の発生源になってもいい。《ソル》生まれたちがすでにローダンを排除していることに納得がいかないから。このままいけば《ソル》の譲渡は重要性を失い、たんなる形式の問題になってしまう。それが正しいとはとても思えない。

よくわからないものの、この宇宙船のなにかが自分をとらえるのだ。失われたモジュールのかわりのように感じているのだろうか？　今後は《バジス》で飛行をつづけることになるだろうが、《ソル》を去るのはつらい。

ひとまず、それは忘れることにした。結論は愉快なものでないにちがいないから。苦い思いをしないすべなら、よく知っている。

ラングルにとって、《ソル》の生きた乗員よりも〝死んだ〟物質である船自体に執着している自分を認めるのは、容易でなかった。だが、もうそんなことをする必要はない。理性の声を無視して《ソル》にのこることを正当化する、格好の理由を見つけたのだ。スターファイアである。

だから、イルミナ・コチストワがあらわれたときは不機嫌になった。自分がひきうける責任の一部が奪われたのだから。だが、イルミナが少女を助けられるとしても、《ソル》生まれに見つからないように守ることはできない。まして、見つかったときに生じるカタストロフィを回避することなど無理だ。

つまり、少女がぶじに困難を乗りこえられるかどうかは、この自分にかかっている。

ロジコルに確認したかったが、それはあきらめざるをえなかった。計算球はひそやかな願望や気分といったものを重視しないから。有機体のパートナーだったら配慮があるだろうが。

ドウク・ラングルはゆっくりと宇宙船内を歩きまわった。人々はまだ真剣にこちらを探しはじめていないので、かくれるのはむずかしくない。だれかが接近してきたら、ものかげにかくれてしずかにすることくらいに気をつければよかった。それに、くすんだグレイの体色は目だたない。

ただ、意識してかくれ場を出る場合もあった。そのときに重要なのは〝目撃される〟ことだ。見られたら、すぐにすばやく消える。

ラングルがそのようにして〝目撃された〟場所は、いずれもスターファイアの空想の道具の犠牲になった設備の近くだった。《ソル》生まれたちは気づかなかったが。

＊

「どうもわからん」レジナルド・ブルはため息をついた。盗聴装置に耳をかたむけていたソラナーたちも、このときばかりはブルの言葉を信じただろう。「研究者がこの襲撃の糸をひいているのかいないのか……こんなばかなことを、ドウク・ラングルはしないはずだが。《ソル》生まれたちを挑発しようというのか？」

カンタルは沈黙し、必死に考える。研究者がうろつきまわり、無計画とも思える方法で、針でちくちく刺すように《ソル》に損害をあたえている……その考えは、かれにとっても信じがたいものだった。だが、ドウク・ラングルの行動と謎の襲撃のあいだに関係があることは否定できない。

なぜかわからないが、イルミナ・コチストワのことが気になる。ミュータントは一回だけ連絡してきた。未知の破壊工作が時間帯に関係なく起きていることをブルに伝え、こちらの警戒心をかきたてたもの。破壊工作者は疲れを知らないのだろうか。被害の種類はさまざまで、犯人は使う道具をたびたび変えている可能性がある。二名による共犯か、人間一名とロボット一体が関与しているかもしれない。ロボットのほうは、休むなと指示されていることもありうる……そうしたプログラミングがされているならば。

すべてが謎に満ちている。《ソル》生まれが破壊工作者をつかまえてくれれば、自分たちも気が楽になるのだが。テラナーも、ドウク・ラングルも、セネカも、この件には関係ないような気がしてきた。

未知の工作者が活動範囲を《バジス》にまで拡大したら、《ソル》生まれはなんというだろうか？

ガヴロ・ヤールの思いあがりがくじかれるのを見るのは、さぞ楽しいだろう。

ふと心に感じるものがあり、カンタルは通信装置に身をかがめた。

「《バジス》とのあいだの転送機はまだ動いているのか？」と、技術者にたずねる。

《ソル》生まれの技術者は、スクリーン上の見知らぬ質問者の顔を見て想像をめぐらしているようだ。カンタルは冗談をいう気分ではないことを視線で伝える。《ソル》生まれの感情に配慮する余裕などない。

「いいえ」と、相手はおずおず答えた。「数時間前からとだえています」

カンタルは大きく息を吸った。この情報はなにを意味するのだろう。

「なぜだろうな？」あえて友好的な態度でたずねる。

「コンタクトがないので……」《ソル》生まれの答えは曖昧《あいまい》だ。

「なるほど。技術的な問題が発生したのかな？」

「は。まさにそのとおりです！」技術者は即答した。「故障が発生しまして……」

カンタルは通信を切り、《バジス》を呼びだした。転送機の件について質問すると、

「承知している」と、ペイン・ハミラーが答える。「情報をそちらに転送し、確認ももらっているが」

「確認を出したのは、ブルでもわたしでもない」カンタルは怒りをあらわにして、

「《ソル》生まれたち、なんといったんだ？」

「かれらの説明によれば、ウィンガーの神経を逆なでしないように今後の転送機使用を見あわせるということで、わたしも納得した。異人たちをむだに刺激する必要はないと思って」

「ウィンガーはそれほど敏感じゃないぞ」と、ブルが割りこんで、「非常時のためのぬけ道は確保してあるのか？」

ブルの威丈高《いたけだか》ないい方に、ハミラーはおちつきのない視線で反応した。それでもうなずいて、

「緊急の場合には、数秒以内に《ソル》から退避できます」と、保証した。

「で、《バジス》で実体化するのだな？」カンタルが皮肉をこめる。

「それ以外にどこで？」

「安心したよ」レジナルド・ブルはつぶやいた。「いったい、この茶番はどういうこと

なんだ?」

「ガヴロ・ヤールでしょう、たぶん」と、カンタル。「かれは過去とのつながりを徐々に切っていこうとしている。われわれの同意など必要ないと思っているのでしょうね。今回は、はからずも役にたちましたが」

「どういうことだ?」

「ちょうど考えていたところだったのです。この破壊工作の指示が、転送機を経由して《バジス》から《ソル》に出ているのではないかと」

「いや」ハミラーがとっさに否定して、「それはありえません。どんなかたちにせよ、《ソル》生まれとかかわりを持とうと考える人間はここにはいないから」

「最初に浮かんだのは《ソル》を出たばかりの連中です」カンタルは淡々とつづける。「後継者たちのふるまいを苦々しく思っていることは充分考えられます。そこに精神的な不安もくわわる。こうしたテラナーのだれかが平静さを失ったと考えるのは不自然でしょうか?」

「われわれの〝客人〟は」ハミラーはわざとよそよそしい言葉を使った。「非常に理性的にふるまっており、訴えられるようなことはしません。そうでなくても……」と、冷静な口調で、「《バジス》に慣れるため苦労しているのだから。周囲に気づかれずに転送機で移動するチャンスはありません。かれらは信用できるということ。《ソル》でいま起きている問題は、論理的原則にもとづいて解決できるたぐいのものとは思えません」

カンタルにいわせれば、ハミラー自身についてもいくつか不審な点がある。過去になにがあったのか、わからないのだ。本人がそんな状態で、ほかのテラナーたちの信頼性を云々《うんぬん》できるのだろうか？

ミュータントたちですら、ハミラーになにが起きたのかわからなかった。だが、現在は正常だということでは、全員の意見が一致している。だとしても、依然として疑わしい点はのこるが、それについて知っている者は少数だ。ハミラー自身も、なにがあったかわからないらしい。関連の記憶が消えてしまったようなのだ。なのに、いまになって問いつめるのは、寝ている犬を起こしてあおりたてるようなもの。無意味である。カンタルはそういう結論に達し、

「ちょっと聞いてみただけさ」と、つぶやいた。「すべての可能性を洗いだすのもいいんじゃないかと思ってね」

ペイン・ハミラーは黙ってうなずいている。

「われわれの友たちの悩みを増やしてしまったようだな」通信が切れたとき、レジナルド・ブルは周囲をさししめすようなしぐさでいった。

「立ち聞きしているだれかのことですか？」ジェント・カンタルがからかう。

「《ソル》生まれたち、転送機の話を陽動作戦だと思うだろう」と、ブル。「だが、まんざらでたらめともいえないぞ。宇宙船の新しい所有者が破壊工作を計画したりするだろうか？　答えはノーだ。サイコパスがそこらをうろついているとなると、事情は違ってくるが」

カンタルは監視装置に向かってにっと笑った。ブルのほのめかしを聞いて、そっと監視していた者たちはどれほど頭にきているだろうか。

「われわれふたりはこの件とは関係ない」と、ブルはつづけて、「たとえ連中が信用しないにせよ、そういう前提に立つとすると、あとにのこる可能性は？」

「セネカです！」と、カンタル。

ブルは顔をしかめた。

＊

ジョスカン・ヘルムートは気が重かった。ずっと迷っていたが、ついに質問をしようと決心する。《ソル》の計算脳にそのような疑いをかけるのは、理不尽だとわかっているのだが。

「破壊工作の件だが」と、前置きなしに切りだす。「詳細についてはもう知っていると思う。われわれの安全性を脅かすこの襲撃を、きみが画策したとする説があるのだが」

セネカは沈黙した。予想したとおりだ。

「ローダンはかなり以前から、かれの意志に反してだれかが《ソル》を手にいれる可能性を考えていたらしい」と、ヘルムートはつづけた。「たぶん、われわれ《ソル》生まれを想定していたのではないだろう」

「敵の侵略に対する総合的防衛計画は《ソル》の最初の建造段階から存在します」多数あるスピーカーのひとつからセネカの声がする。「これを補う指示があとからくわわりましたが、《ソル》生まれの特殊な立場と特性を考慮した規定はありません」

「必要ないからな」ジョスカン・ヘルムートは元気のない声で、「われわれについても充分よく知っているだろう」

セネカは答えなかった。

《ソル》生まれはため息をつきながら、シートに深々と沈み、「考えてごらん」と、生きている人間をさとすような口調で、「一連の襲撃はたんなる気がかりではすまされない。徐々に危険性が高まってきているのだ。未知工作者の手法も、謎につつまれている。最初は照明やスピーカーといった装置が対象だった。偶然だれかが近くにいないと被害に気づかないような、あまり重要でない備品だ。だがその後、水耕栽培装置の配管が破裂し、反重力プロジェクターが故障した。ここまでエスカレートすると、いろいろな思惑が出てくるのは避けられない」

静寂がひろがる。墓地のようなしずけさだ。

「被害をくわしく見てみると」ヘルムートはつづけた。「どれもとるにたりないといっていい。すくなくとも、もともとの原因はね。たとえばプロジェクターの件では、一クリスタルが砕かれたのが原因だ。わたしが見たところ、ハンマーでたたいたような傷があった。だが、クリスタルは本来、あらゆる損傷から保護されていて、特別の道具がないと接近できない。しかも、決まった連続インパルスを使わないと開かないエネルギー・フィールドにつつまれている。知識のない素人にそんなことができるだろうか？　それに、暴力的に侵入された場合に作動するはずの警報が反応しなかった。クリスタルの周囲はまったく正常な状態だ。これをどう解釈したらいいのだろうか？」

セネカは依然として黙ったまま。

ジョスカン・ヘルムートは考えた。もしも未知の侵入者がプロジェクターを故障させたのが違う時間帯だったら、どうなっていたことか。死者が出なかったのは、たんなる偶然にすぎないのだ。

「プロジェクターの件をもうすこし考えてみよう」と、つぶやいて、「わたしは最初、例のクリスタルが装置の心臓部なのかと思っていた。そうなると、すくなくともこのケースでは、犯人は結果を配慮せずに事件を起こしたことになる。リフト利用者は事前に危険を察知できない状態だったわけだから。だがあとから聞いたところ、クリスタルはさほど重要な部品ではなかったらしい。リフトと関係ないべつの場所で警報が鳴り、それが原因で故障が発生したのだ。つまり……未知の襲撃者はつねに、われわれにチャンスをあたえているということ。なにかを破壊し、それが原因となって最終的な被害がひきおこされるわけだから。プロジェクターの件だけではない。なぜ、きみがもっと前から一連の動きに気づかなかったのか、知りたいものだ」

ヘルムートはぜんぶいいおえるより前に、自分に怒りをおぼえた。計算脳にこのような話し方をするのは、おのれの流儀に反する。だが、怒りをこらえ、黙って待った。

「被害は認識して記録し、対処しました」セネカはすぐに答えた。

「そりゃそうだろう！　順番にな」

ハイパーインポトロニクスは非難めいたものいいに反応し、

「時系列と緊急性についてはそれなりに配慮しています」

ジョスカン・ヘルムートはこぶしで目の前のコンソールをたたきたくなったが、やっとおさえた。

「よくわかっているだろうが」と、歯がみしながら、「理由もなしに嫌疑をかけているのではない。われわれ人間に甚大な被害をあたえないのは、それがきみの利益にかなうからだろう。きみなら、警報を作動させずに《ソル》のバリアをすべて破ることができる。たとえ作動しても注意をひかない警報はどれか、それも知っているだろう。どの反重力リフトがいつ利用されていないかも正確に計算できるから、危険を一定範囲内に限定できる。それ以上の安全策も講じているのだろう？　だれかがあのいまいましいリフトに跳びこめばよかったよ。そうしたら、きみが助けたんじゃないか？」

「《ソル》の乗員を危険から守るのは、わたしのもっとも重要な任務のひとつです」セネカはおちついて説明した。

ジョスカン・ヘルムートは額から汗をぬぐうと、

「セネカ！」と、するどい声で、「秘密の防衛計画があるのか？」

「いいえ」

「このでたらめな襲撃の目的は？」

「《ソル》のスタートを阻止するためです」

ソラナーのスポークスマンは息をのみ、

「やっぱり！」と、つぶやいた。「ガヴロ・ヤールのいったとおりだ。ペリー・ローダンはわれわれを苦境に追いやった。信じがたいことだが！」

「ペリー・ローダン……」セネカはそういって、また黙った。

ヘルムートは驚いて立ちあがり、

「どうした？」と、たずねた。

このタイプの計算脳が言葉につまるはずはないのだ。セネカはそれ以上話さず、ほかのことを考えている。

と、ふたつのスクリーンが明るくなった。一方は《ソル》中央本体の外側デッキの見取図で、もう一方は格納庫内の映像だ。スペース＝ジェット一機がもうもうたる煙につつまれている。

「火災です」セネカが冷静に伝えた。

ヘルムートは額にしわをよせ、

「なぜ、こうなったんだ？」と、質問する。

「加熱用機器の断熱材がひきさかれ、熱線が周囲の可燃材料と接触したためです。これまで確認したかぎりでは、これは事故です」

「そうか、つまり、断熱材が勝手に裂けたのだな？」《ソル》生まれは意地悪くいった。

「いえ、素材がもろくなっていたのです」

「事前に対策が講じられなかったのはなぜだ？」

「危険がありませんでしたから」

ジョスカン・ヘルムートは深呼吸すると、前の質問を思いだして、

「ペリー・ローダンのことをなにか話そうとしていたが？」

「わたしはペリー・ローダンについてなにも話していません」セネカが反論する。

「だが、そうしようとしたではないか」ヘルムートは執拗に聞きだそうとした。

セネカは沈黙し、それ以上の情報は得られなかった。それでも、だれかが《ソル》をとどまらせようとしたのはたしかである。

「だれがわれわれを阻止しようとしたんだ？」ヘルムートはたずねた。

「いまあるデータからは決定的な答えは出ません」

「対象となりうる人物は？」

「《ソル》に現在いるか、ある時点まで《ソル》にいた人物全員です」

「その、ある時点というのは？」と、いらいらしてたずねた。セネカのまわりくどい発言には腹がたつ。すべてが疑わしいといわんばかりだ。

「《バジス》と最初にコンタクトしたときです」

この答えはすべてを包含し、なにもいっていないのに等しい。もちろん、すべては《バジス》と関係がある。ペリー・ローダンがもう《ソル》を必要としないとわかってから、なにもかもが変わっていった。

「疑いの対象である人物にはきみ自身もふくまれる」と、ヘルムート。

「わたしは人物ではありません」セネカが訂正する。

《ソル》生まれのスポークスマンはあきらめた。

しかし、疑いは間接的に証明されたのだ。たとえ否定しても、セネカが犯行の背後にいる人またはものを知っているという示唆《しさ》は、会話から得られたのだから。思いだすのも不愉快だが、セネカはこれまでにも、人間にはよくわからない役割を演じたことがある。唯一のなぐさめは、計算脳の独断専行が、最終的にはつねに巨大船の人間たちに益する結果を生んできたことだ。

だが、ヘルムートはその考えを胸にしまっておくことにした。船内は不穏な状態である。さらに混乱が生じれば、事態はますます悪くなるだろう。そうでなくても、セネカの存在と信頼性は、《ソル》生まれたちの生活と思考を左右する生命線なのだから。

いちばん疑われているのは依然としてレジナルド・ブルとジェント・カンタルだ。しかし、セネカにも嫌疑がかかっている。その件で頭を悩ましているのは、もちろんジョスカン・ヘルムートひとりではなかった。だが、ほかの者たちは必死に信じようとしている面がある。《ソル》のもっとも重要な要素であるセネカが、まもなく船の正式な所有者となる自分たちに味方しないはずはないと。

こうした仲間たちの微妙な立場を理解できないわけではない。この事件の真相を明らかにできるのは、ソラナーのスポークスマンをおいてほかにはいないのだ。

＊

イルミナ・コチストワはとほうにくれていた。フェザーゲームはスターファイアよりもさらにあつかいにくいことが徐々にわかってきたのだ。少女のほうは藁《わら》にもすがる思いらしい。苦しみを解決する方法があると感じたなら、それにしたがうだろう。きょうだいさえ認めれば、《バジス》にも行くつもりだ。

少年のほうも異論はない。すくなくとも、そういっている。だが、それが嘘なのは、テレパスでなくてもわかるというもの。

本人はその矛盾に気づいていないのかもしれない。理性的な子ではあるのだが。

「スターファイアのためになるなら、そうすればいい。このごろはテラに行きたいと、そればっかりだから。ぼくが悲しくないはずはないよ。きょうだいだもの。でも、友がたくさんいるから、なんとかなるよ」

スターファイアは虚空をじっと見ていた。顔が心配したくなるほど蒼白で、こけている。

イルミナはフェザーゲームとふたりだけで話したかったが、少女をひとりにはできない。潜在意識が破壊工作を続行するだろうから。それでも、バリアとスピーカーは作動しないようにしておいた。スターファイアがみずからひきおこした事故の目撃者となり、真実を知ってしまわないように。これまでの経験から、そうはならないだろうが、不必要なリスクを冒したくない。

自分が近くにいることで、ふたりがおちつけばいいのだが。

「ぼくのいったことを信じて」と、フェザーゲームはきょうだいにいった。「きみが行ってもぜんぜん大丈夫だから」

顔を見ればそれが嘘なのは明らかだが、少年は必死に涙をこらえて、「アイクランナもいる。あいつはきみより三倍もぼくを怒らせるから、こっちは大忙しになるさ。心配ない」

「アイクランナ！」スターファイアはびっくりしていった。「あの子、けがをしたのよ」

「なんで？」フェザーゲームはひどく驚き、「なにがあったの？　なぜ、きみが知ってるのさ？」

「なにかが爆発したの」スターファイアは悲しげな顔で、「わたし、偶然アイクランナの近くにいたのよ。どうなったか知りたかったけれど、長くはいさせてもらえなかった。きのうのことよ」

「そんなばかな！」と、フェザーゲーム。「ぼくがきみを探してるのを知って、アイクランナは手伝ってくれるといったんだ。どこを探してほしいのかも教えたんだけど……

……」

イルミナ・コチストワはスターファイアの顔を見た。少女の脳のなかに幽霊がいるような感じがする。その幽霊が口をぱくぱくさせ、かみついてきて……すると、キャビンの壁に亀裂がはいった。プラスティックの破片が空を舞い、金属がきしみながら変形する。

「しっかりして！」イルミナは叫び、スターファイアを抱きおこした。フェザーゲームは反対側の壁ぎわまであとずさる。

スターファイアは死んだようにぐったりしている。ミュータントは少女をひきよせ、揺さぶってみた。驚愕したフェザーゲームが無言のまま壊れた壁を見つめ、きょうだいに目をやらなかったのは、せめてものさいわいだ。異変に気づかずにすんだから。少女は彫像のように目をかっと見ひらき、動かない。魂のぬけたその目は、不気味な光をはなっている。

イルミナ・コチストワはこの状況をまったく変えられない自分に絶望した。破壊的エネルギーを放出する少女のからだは、ミュータントの介入をはねのけてしまう。

警報サイレンの音がした。轟音をたてる滝の向こう側から聞こえるのかと錯覚するほど遠くだ。通廊との境をなす壁には、ぼろぼろになった建材しかのこっていない。臭い煙がたちこめた。金属プレートの縁が波うち、その上でブルーの閃光が荒れくるい、左右の側壁にあらたな亀裂がはしる……

イルミナは突然、あることを思いついた。フェザーゲームの腕をつかんでひっぱり、こちらを向かせると、騒音のなかで必死に意志を伝える。キャビンの扉が外側に倒れている場所をさししめした。少年はうなずくと、恐怖心を克服し、障害物をあざやかにジャンプしながら通廊に出る。イルミナ・コチストワもまったく動かない少女をかかえて、扉のあった場所に進んだ。

フェザーゲームは反対側の壁の警報ボタンをたたいた。サイレンのするどい音がさらに甲高くなる。せまい通廊に重々しい足音が響き、ロボットが浮遊しながら接近してきた。その背後には銀色に輝くコンビネーションをつけた《ソル》生まれの救助隊員が数名いる。イルミナ・コチストワは息を切らしながら、そちらに走りよった。

なにが起こったのかはだいたいわかる。スターファイアはフェザーゲームの説明を聞いて、アイクランナが事故に遭遇したのは自分のせいだと思ったのだ。潜在意識が罪悪感に強烈に反応したのである。破壊工作をめぐるイルミナの予測は正しかった。はっきりと罪をしめされてスターファイアは深く恥じいり、無意識のうちに、秘密を知られる前にみずからを滅ぼそうとしたのである。それが実際に最悪の事態にいたるかどうかはべつの問題だが、いずれにしてもフェザーゲームとミュータントはきわめて危険な状態だ。スターファイアに棲みついたなにかは、ふたりを共犯者とみなしているかもしれない。だが、救助隊員たちは部外者である。

イルミナは茫然としたまま、もうもうと立ちのぼる煙のなかからよろめきでて、男たちに近づいた。だれかにうけとめられる。フェザーゲームが隣りにあらわれた。

その瞬間、スターファイアが身じろぎする。

ほっとしたことに、《ソル》生まれとロボットはそろって、まだキャビン壁面の残骸から煙が立ちこめている現場に向かっていた。ひとりがもどってきたが、双子もイルミナも負傷していないのを確認して、ほかのメンバーのところに踵を返す。ミュータントはその隙にスターファイアを床から立ちあがらせ、

「おちついて」と、ちいさな声で、「大丈夫よ。だれにも気づかれずにここから出るには、どうしたらいいかしら？」

フェザーゲームが不可解な顔をする。スターファイアはぼうっとしてまわりを見た。なにが起きたかわかっていないのである。イルミナの手にかかれば、いずれにしても真実を知ることはないだろうが。

「医療ステーションにいれられたら」と、あわてて説明する。「徹底的な診察をしてからでないと出してもらえないわ。それには時間がかかるし……」

フェザーゲームはすぐに理解した。医師の診察をうけるといわれれば、この宇宙船の子供たちもほかの子供と大差ない反応をする。多少の苦労があっても、病院行きを回避しようとするのだ。

ミュータントは少年のうしろから走った。まだぼんやりしているスターファイアも素直についてくる。イルミナ・コチストワはすぐに息を切らした。少年は開いたハッチのところに立ち、周囲をうかがいながら、しびれを切らした顔で合図している。

ハッチの奥に保守用通廊の入口があった。フェザーゲームがレバーをつかむと、開口部がさっと開く。きょうだいは機敏にそこをくぐりぬけた。イルミナは通りぬけられるかどうか不安だったが、子供たちに手を貸してもらい、髪をくしゃくしゃにして真っ赤になりながら、やっとの思いで暗くてちいさな部屋へ。フェザーゲームが内側から扉を閉めた。

「ここはどこなの?」ようやく呼吸がととのうと、イルミナは質問した。

「いまは使われていない部屋だよ」少年がにやりとする。「ここにはだれもこないはず。制御装置ひとつないんだから」

イルミナもそれを確認したが、安心したわけではない。スターファイアの潜在意識がこの小部屋の壁に影響をおよぼしたら……

その考えを必死に追いやり、

「ここにずっといるわけにはいかないわね」と、つぶやいた。

「でも、なぜ逃げるの?」スターファイアがためらいがちにきく。

ミュータントは少女を思案顔で見ながら、考えた。

たしかにいい質問だ。なんて説明したらいいのやら。

真実を明かすわけにはいかない。フェザーゲームに秘密を打ちあけるのも、いまとなってはむずかしいだろう。破壊工作者の捜索についてすでに聞いているだろうから……

破壊工作者！　少女はその烙印を押されようとしている！

イルミナはスターファイアに、いま《ソル》で吹きあれている〝魔女狩り〟の嵐について、破壊行為のくわしい説明は避けながら、かいつまんで説明した。第一に、テラナーである自分自身が、遅かれ早かれ嫌疑をかけられるだろうということ。第二に、たったいま遭遇した事件も、破壊工作に関係があるかもしれないということ。

きょうだいはまっとうに反応した。

「イルミナがやったんじゃない！」フェザーゲームが憤慨していった。「ぼくが証言できるよ。その場にいたんだから」

スターファイアはミュータントをじっと見ながら、

「そんなに困ったことなの？」と、低い声できいた。

「あなたが考えているより、事態は深刻よ」と、イルミナ・コチストワは強調し、「救助隊がわたしに気づいていなければいいんだけれど」

「《バジス》にもどったほうがいいんじゃない？」と、スターファイア。

ミュータントははっとした。

「じゃ、きみもいっしょに行けばいい」フェザーゲームがきょうだいを見る。

少女はとまどった。だが、フェザーゲームはすでに保守用通廊のようすをうかがい、

「だれもいないよ！」と、ちいさな声で知らせる。

そのわきを通りぬけてスターファイアは勢いよく外に出ると、右側方向に走り、通廊の次のカーヴまで進んだ。イルミナ・コチストワは急に自分が年よりになった気がしたが、子供たちは辛抱強く待っている。かれらのように音もなく機敏に動けないのが恥ずかしい。カーヴがあるごとに双子のどちらかが先に出た。この通廊はどこに通じているのだろう？

ようやく子供たちが立ちどまった。ミュータントは周囲をうかがう。壁には無数の閉じた開口部がある。そのうち、向こうになにがあるのかわかるのは、ごく少数のみ。表示を見ただけではさっぱりわからない。

ひとつのハッチが音もなく開いた。新鮮な空気がはいってくる。こんどはフェザーゲームが道を調べる番だ。ちょっとようすをみてから、おちついて合図を送ってくる。

はじめのうち、イルミナは自分たちが堂々めぐりをしているのかと思った。だが、きょうだいは中央本体の司令室に近い居住セクターに向かっていたのだ。よく知っている目印でわかる。ここにならぶキャビンには、つい先日までテラナーが住んでいたのだ。現在はだれも住まず、扉は封印されている。ミュータントは狼狽した。《ソル》生まれたち、この部屋をそんなに嫌っているのか？　それとも、扉の向こうになにかかくしているのか？

だが、子供たちはイルミナにじっくり考える時間をあたえなかった。リフトのところまで誘導し、期待をこめた顔でじっとこちらを見ている。ミュータントは咳ばらいした。最終決定を出すのがためらわれる。スターファイアをこれ以上長く《ソル》に置いておくと危険だということは、わかるのだが。

「あなたもいっしょにくれば？」と、少年に提案した。

フェザーゲームは困ったように床を見ながら、

「そういうわけにはいかないよ」と、いう。

スターファイアはイルミナの決定を待たず、黙ってリフトに跳びこんだ。

イルミナ・コチストワは下降しながら、フェザーゲームの悲しげな顔を見あげる。みじめな気分だった。

7

スターファイアの所持品は、いま身につけているものだけ。イルミナはあとになってそれに気づいたが、少女にいうのは見あわせた。まずは《ソル》から出ることだ。そのほかのことはなんとかなる。

だが、もしも同じことが《バジス》でも起こったら？

思わず唇をかむ。そうなったら、もうどうしていいかわからない。それに、《バジス》が地球と直接に連絡をとったら、スターファイアの潜在意識はどう反応するだろう？

ミュータントは少女に追いつき、近くの格納庫に導いた。レジナルド・ブルのところに連れていくことは、あえてしない。スターファイアの両親のことを考えると良心の呵《か》責《しゃく》を感じるが、時間の余裕がなかった。大型宇宙船内の不穏な空気は、事態が急を要することをしめしている。イルミナは自分の世界に閉じこもっている少女を観察した。地球に行けるという希望でスターファイアの状態が改善することを願ったのだが、それは思いちがいだったのだろうか。潜在意識の攻撃が、船内の遠くはなれた目標に向けられるようになっている。

格納庫の前に立つ警備員を見たとき、イルミナ・コチストワは女性らしからぬ罵倒の言葉をのみこんだ。見張りのいない時間もあっただろうに。質問されたら、この子といっしょに《バジス》に飛行するなどといえるだろうか？　きっと、ききかえされたり、説明を要求されたりするだろう。そのとき、どうする？

決心がつかないまま、立ちどまった。スターファイアが驚いてこちらを見あげたので、思わずほほえむ。少女の視線には全幅《ぜんぷく》の信頼があった。それが心につきささる。急に、自分のアイデアがそれほどいいものと思えなくなった。《バジス》でスターファイアを呪縛から解きはなったとしても、どうなるのか？　《ソル》には子供がたくさんいて、健全な精神の人間を育成するために必要な技術環境もととのっている。だが《バジス》には少女にぴったりの友はいないし、そのほかの施設についてもいうにおよばない。《ソル》からきたテラナーのなかにイルミナの知りあいもいるから、親身に少女の面倒をみてくれるだろうが、それで充分なのか？

そのとき、なにかが割れたらしく、大きな音がした。スターファイアは振りむき、驚いて目をみはっている。ロボットがインターカムのアルコーヴの前に立ち、すごい勢いで壁や外装、技術装置をたたいていた。鋼の鉤爪がスクリーン二基を破壊。ブルーの淡い照明に照らされたロボットは、少女の驚愕の叫びにも、駆けつけた格納庫警備員たちにも頓着しない。《ソル》生まれたちは武器をかまえ、狂ったロボットに向けた。だが、発射するのをためらっている。

突然、イルミナ・コチストワはなにをすべきか理解した。いま、格納庫への経路には見張りがいない。ハッチの向こうには、自分が《バジス》からくるときに使ったスペース＝ジェットがある。だれかの助けを期待しなくても、ひとりで艇をエアロックから出し、わずかな距離を操縦するくらいできるではないか。

スターファイアは？

少女は動揺していて、それがふつうのやり方でないことには気づかなかった。イルミナは少女をエアロックに押しやる。警備員たちはこちらにまったく注意をはらっていない。エアロックにはだれもいなかった。だれもがロボットへの対応で精いっぱいだったのである。

外側エアロックは開いていた。このタイミングで搭載艇を奪取されるとは、だれも考えなかったらしい。破壊工作者は《ソル》の心臓部を狙っている……すくなくとも《ソル》生まれたちはそう考えたのである。

スターファイアは興味深げに周囲を見ている。イルミナはスペース＝ジェットを彼女にさししめしながら、振りむいた。エアロックを内側からロックして時間を稼ぐ。ぶじに自由空間に出られれば、勝負は勝ったも同然だ。

だが、そうはいかなかった。

しかも、イルミナのじゃまをしたのは《ソル》生まれではなかったのである。

「見て！」スターファイアが興奮していった。

ちいさな艇のハッチが開いたあたりに、グレイの薄いヴェールが漂っている。イルミナ・コチストワは一瞬、硬直した。

火災？

ほかの可能性はいろいろ考えられても、火災はありえない。このスペース＝ジェットは《バジス》の搭載艇で、ぴかぴかの新品なのだ。だが、たとえ古い艇でも、火災発生時に煙がひろく拡散しないよう、安全対策を講じてあるはず。

ということは……

イルミナ・コチストワはスターファイアの手をとり、無人のエアロックを通ってもとの場所にもどった。《ソル》生まれたちは、ようやくおとなしくなったロボットをとりかこみ、興奮して意見をかわしている。イルミナはゆがんだ笑みを浮かべ、人のいないべつの通廊を選んだ。すぐ近くのリフトに滑りこむ。一秒後に下のほうで興奮した叫び声が聞こえた。警備員が格納庫の異常にようやく気づいたのである。

リフトに乗ったイルミナ・コチストワは、あきらめの表情でゆっくりと通りすぎていく壁を見つめていた。これからどうしたらいいのか、まったくわからない。

格納庫の事件は、スターファイアの力が無意識のうちに働いた結果だろう。これまでのなりゆきから総合的に判断すると、驚くべき結論が導きだされる。つまり、スターファイアを地球に向かわせるだけでは不充分だということ。少女の力になれるのはフェザーゲームだけだ。少年がきょうだいを行かせるつもりがあるのかという問題ではない。ふたりはたがいに、はなれられない関係なのだ。

一瞬、イルミナ・コチストワはフェザーゲームを強引に連れていこうかと思った。だが、これは絶望のあまり考えついたアイデアで、法律上の問題を度外視しても、成功の見こみはないだろう。それどころか、少年が《ソル》や仲間たちとの決別に苦しむとしたら、スターファイアのなかの力がどう反応するか予想もつかない。

こうした状況で少女を《バジス》に連れていくのは、あまりに危険だ。だが、《ソル》にのこすのはもっと問題である。しかも、イルミナはこのジレンマをだれにも相談できない。さっきの出来ごとはさらに危機が近づいたことをしめしている。ちょっとした障害や不用意なほのめかしなどが巨大な爆発の引き金となるだろう。

イルミナは絶望し、くたくただった。

と、そこに変なイントネーションの声が聞こえてくる。

「こっちへ、早く！　ここにかくれ場があるから」

せまい通廊で、ドウク・ラングルはイルミナ・コチストワを先に行かせ、それから少女を手助けした。スターファイアは無表情でなにを考えているかわからない。

テルムの女帝の研究者はクッションのようなかたちの胴体をまわし、把握鉤爪で通廊の奥をさししめした。イルミナ・コチストワは肩をすくめ、先に進む。だれも口をきかなかった。壁のほうからかすかな作動音のような音が聞こえるのみ。《ソル》船内にこれほどしずかな場所があるのは奇蹟のようだが、実際にはそれほどめずらしいことではない。だれかに疑われさえしなければ、何年でも隠遁生活を送れるだろう。

だが、ドウク・ラングルが居住者のいないゾーンを選んだのは、しずかだからではなかった。イルミナ・コチストワは壁と壁のあいだを移動しながら、ラングルの真意を感じてほっとしたもの。ここは少女の潜在意識になんの影響もおよぼさない場所なのである。壁の向こうは、研究者の説明によれば、からの倉庫だ。新しい設備を建設する予定だが、まだ計画段階だった。

「ここならゆっくり休めます」と、ドウク・ラングルはいって、通廊の窪みに立ちどまった。

イルミナははじめ、ラングルの発言の真意がわからなかった。見ると、壁ぞいに毛布を敷いた寝床がふたつあるではないか。一方にはカラフルなクッションが置いてある。スターファイアのためだ。少女はクッションがこんな場所にあるのに驚いたらしいが、なにもいわずそのまま横になり、目を閉じてしまった。イルミナ・コチストワも、ふたつめの寝床に疲れたからだを横たえる。ドウク・ラングルは立ったまま、扇形の感覚器官をゆっくりと旋回させた。全方向を偵察しているのだろう。

「この子は寝たようですね」ついにラングルがいった。トランスレーターの音量は最小限に絞ってある。「ついてきてください。時間がない」

「どこに行くの？」

ドウク・ラングルは答えなかった。片側の二脚を同時に前に出す独特の歩き方で、先を急ぐ。イルミナはついていくので精いっぱいだ。数百メートル進んだところで研究者がいきなり立ちどまったので、あやうくぶつかりそうになった。

「グッキー！」イルミナは驚き半分、怒り半分で声をあげる。ネズミ＝ビーバーが研究者の前にしゃがみこんでいたのだ。彼女は自分がいまどこにいるのか思いだした。グッキーは《ソル》に用はないはず。「なにをしにきたの？」

「ぼくがいないとうまくいかないからさ」ネズミ＝ビーバーの声は冷静で、ほらを吹いている感じではない。「ドウクから知らせをうけたんだ。どう、ようすは？」

「悪くなる一方よ」浮かない声でイルミナは答えた。「あの子をショックから守るなんて、わたしたちにはできない……」

「本当のことを教えちゃだめだよ」と、ネズミ＝ビーバーが割りこむ。「それはわかっているよね？」

「彼女はいずれこの宇宙船を破壊してしまうわ」イルミナ・コチストワは絶望しきって、「そうなる前に《ソル》生まれたちに警告しないと」

「そのタイミングはとっくにすぎちゃってる」グッキーはそういって、床に腰をおろす。「でも、ドウクがいいことを思いついたんだ。やってみる価値はあるよ」

イルミナは研究者を疑いの目で見た。この生物が、ちいさなミュータントの力になれるのだろうか？

「あの子は祖父と強く結びついています」ドウク・ラングルは淡々と説明をはじめた。「アーカイヴに潜入して調べました。老人はテストをうけ、潜在的なミュータントだと判明したらしいのです。ただし、能力が発達していなかったため、ミュータントとして活動したことはありません……無意識の状態でも。わずかな能力を、あらゆる種類の超心理性インパルスを吸収することに使いはたしたようです。吸収した結果、どうなったのかはわかりません。ただ、ほんの数回、能力を使いました。たとえば、たまたまテレパスのそばに長い時間いたとき、自分まで仲間の思考が読めたとか。悪意をもってやったわけではまったくなく、ミュータントに危害をおよぼすこともなかったそうで。

ここまでが調査の結果です。もちろん充分ではありませんが。この老人が吸収するのは、通常なら虚無に放散してしまうようなインパルスのみ。それがはっきりしたのち、〝共生ミュータント〟という概念が生まれました。それ以上くわしい記録は、残念ながらのこってしいません」

「なんだか、よくわからないわ」イルミナ・コチストワは混乱していった。「もっと調べたほうがいいのでは」

「その時間はないでしょう」

「そんなのどうでもいいよ」と、ネズミ＝ビーバーが、「このじいさん、プシ・インパルスを集めてたってこと。それでなにをしようとしてたのか、わからないけどね。でも、孫が才能をうけついでいることはわかった」

「わかったの？」イルミナは驚いてたずねた。

グッキーはうなずいて、

「考えてみてよ！　あの子は十歳だぜ。これまではせいぜい、たまにいたずらするくらいのもんだった。ミュータントの近くに行ったことはあっても、能力を使ってるところをじっと観察したりはしてない」

「わたしのことを忘れているんじゃない？　スターファイアは医療ステーションによくきて、わたしが治療するのを見ていたわ」

「そこが重要なのさ。あんたとぼくは例外ってこと。ドウクの話から考えると、スターファイアはずっとインパルスを集めてたんだ。でも、それを使うには実地訓練みたいなもんが必要になる。あの子、あんたからなにか学べたと思う？　あんたがやってることは、すぐには理解できないよ。たとえじかに見たとしても、キャッチした情報だけを使って脳のミュータント部分でなんかするなんて、無理だね。それとくらべてテレキネシスはわかりやすい。スターファイアはぼくのテレキネシスをじかに体験したわけさ。だからドウクがいうには、あの子が無意識にテレキネシスでいろんな設備に手を出すのは、たんなる偶然じゃないって」

「だとしたら、彼女はいずれ、ほかのミュータントすべてに反応するようになるわ」愕然としてイルミナ・コチストワはいった。

「ミュータントがすぐ近くにいればね」と、ネズミ＝ビーバーは大まじめでうなずき、「《ソル》にいれば、とくにむずかしい問題はないだろ。ブジョ・ブレイスコルといっしょに旅に出て、ブジョのまねをする訓練をすれば、迷惑なことはしなくなるよ」

「でも、あの子を《ソル》に置いておくわけにはいかない」イルミナは出発点にもどってしまった。

「なぜさ？」グッキーはたずね、会ってからはじめて一本牙を見せて、「ぼくらのじゃまをしているのは、ひとり……いかがわしい例のじいさんだけだよね」

なずく。

「ええ。おまけに、かれはずっと遠くの地球にいるのよ」ミュータントは憂鬱な顔でう

「そうかな?」

彼女はびっくりして顔をあげた。

グッキーはため息をつき、ドウク・ラングルに視線を送る。

「ラングルからはなにも聞いていないわ」イルミナはあわてていった。「時間がなかったから。さ、話してちょうだい。なにを思いついたの?」

「ぼくのアイデアじゃないよ」と、ネズミ=ビーバーはいいわけした。それがイルミナの猜疑心をかきたてる。「かんたんなことなんだ。スターファイアにとって、じいさんのいないテラは魅力がない。だから、いなくなったことにしようと……」

イルミナは口をぽっかり開けてネズミ=ビーバーを見た。

「《バジス》じゃ、じいさんがどうなったかだれも知らないからね」グッキーはなだめるように、「ぼかあ、健康でずっと長生きしてることを願ってるさ。でも、スターファイアの頭のなかでは、じいさんを葬ったほうがいいんだよ」

イルミナはいますぐスターファイアのもとに行きたくなった。どうやったら、ふたりはこんな恐ろしいことを思いつくのだろうか? ドウク・ラングルは論理的に行動しているだけで、そのような知らせをうけた子供がどう感じるか、わからないのだろう。で

も、グッキーはテレパスじゃないか……

ネズミ＝ビーバーは怒って跳びあがり、

「たしかに、そうだけどさ」と、ぶつぶついった。「そりゃ、子供にそんなことするなんて、うれしいはずがないよ。でも、それしか方法がないんだ！　じいさんが死んじゃったからテラへの長い旅に出てもしょうがない……と、スターファイアを納得させられるか、失敗するか。それとも《ソル》生まれが無人宇宙船であの子を虚無に送りこんじゃってもいいの？」

「かれらはそんなことしないわ！」イルミナは憮然として反論する。

「だろうね」グッキーがつぶやいた。「そんなことしても無意味だもんな。それに、スターファイアのほうが強いかもしんない。あの子を運びだす前に《ソル》のほうが負けちゃうだろ。でもさ、彼女が《バジス》にうつっても、解決にはならないぜ。あの子は《ソル》を本当に出たいわけじゃないからね。この宇宙船の乗員なんだから、ここで暮らせるようにしてやんなくちゃ。ペイン・ハミラーに事情を説明しといたよ。ぼくが合図を出したら、ブリーとコンタクトして、スターファイア宛ての〝知らせ〟があると伝えてくる手はずなんだ。ウィンガーに手を焼いてるとかなんとかいって、保安上の理由で通信は使わないように指示するだろうから、だれも怪しまないよ。《ソル》生まれだって、面倒なことを押しつけられるのはごめんだから、あの子をうまく連れだせるってわけ」

「そのあとはどうなるの？」イルミナは質問する。「あなたが出ていって、〃きみのおじいちゃんを知っているけれど、死んじゃったんだよ〃と、ずばりいうわけ？　そんなことをしたら、あの子の忌まわしいエネルギーが……」

「ポジトロニクスに説明させるのさ」ネズミ＝ビーバーがあっさりといった。「ほんもののデータを使ってね。地球が太陽系にもどったあと、そこで暮らすようになったテラナーの名前も、みんなわかってるから」

「じゃ、スターファイアのおじいさんがどうなったか、知っているのね？」ミュータントは驚いてたずねる。

「再居住のごたごたにまぎれて、行方不明になったとかなんとか……」と、グッキーは口ごもり、「よくわかんないけど……」

そこで口をつぐむ。イルミナ・コチストワは怪訝な顔でイルトを見た。ネズミ＝ビーバーが真実をいっていると納得したわけではないが、それ以上の質問はやめる。グッキーの慎重な態度にはなにか理由があると、突然わかったから。

「じゃ、はじめるかい？」ようやくグッキーがいう。

イルミナ・コチストワは困った表情でドウク・ラングルとグッキーを見た。スターファイアを不幸な呪縛から解放するのに、もうすこし穏便な方法を望んでいたのだが。とはいえ、それほど時間がないこともよくわかっていた。《ソル》生まれたちは謎の破壊工作者を必死で探しまわっている。だが、べつのやり方で問題解決できることに、遅かれ早かれ気づくだろう。《ソル》をスタートさせ、《バジス》から充分に距離をとればいいのだ。しかし、スタートということになると……

ミュータントはすっくと立ちあがる。グッキーは《バジス》にテレポーテーションでもどった。こっそり《ソル》にきたことに気づいた者はいないだろう。ドウク・ラングルも、イルミナがスターファイアとしずかな通廊を出たときに姿を消していた。イルミナと少女は司令室のほうに向かっている。スピーカーの声が、レジナルド・ブルに連絡するようスターファイアに要求したときは、司令室のすぐ近くまできていた。なにが起こるか知らなかった少女は、自分の前の扉が開いたので、すっかり興奮している。

スペース＝ジェットがスターファイアとイルミナを《バジス》に運ぶあいだは、なにも起こらなかった。今回は永遠の別れではないし、未知目標への飛行でもないから……もしそうなら、少女は無意識に抵抗しただろうが。いまはどのような知らせが待っているのかと、わくわくしている。

「いい知らせではないかもしれないわよ」と、イルミナ・コチストワは警告。

だが、スターファイアはうっとりして、スクリーンと操縦士を見るばかりであった。

8

「《ソル》から出ていっていただきます」ジョスカン・ヘルムートが淡々といった。「そして、もう二度ともどってこないでください」

「そうか」レジナルド・ブルはあざけるように、「なぜだ？」

この瞬間、《ソル》生まれのスポークスマンは自分の栄《は》えある職務を忘れてしまったらしい。長いあいだ黙りこくってしまったのである。ようやく肩をすくめて、

「ローダンがじきに帰ってきますから」と、つぶやいた。「約束を守るでしょう」

「たいした信頼だな」と、ブルは応じる。「だが、それがわれわれとどういう関係がある？」

「よくおわかりのはずですが」ヘルムートは憮然としていった。

「いや、わからん」と、レジナルド・ブルはあくまでも友好的に反論する。「推測はできるがね。そこらへんをうろついて、あらゆる装置を粉砕しているおろか者はわれわれだと考えているのではないかな。だが、本当になにもしていないのだ。正々堂々と弁明

するチャンスもあたえてくれないのか？」

ジョスカン・ヘルムートは躊躇する。板ばさみになっているのだ。ブルは同情を禁じえなかった。《ソル》の一員として、どうしていいかわからないらしい。この宇宙船を愛しているとはいえ、理性的な男だから、ガヴロ・ヤールの熱狂的なスローガンががまんならないのだろう。

だがこの会話は同時に、べつのところで聞かれているにちがいない。かれらにやすやすと理解されてたまるか。

なぜだ？　と、心のなかで自問する。行かせればいいじゃないか。ソラナーは自分で選んだのだから。あっちのほうが正しいかもしれないんだぞ。かれらが幸福になるためになにが必要なのか、わかっているのか？

だが、ソラナーも人間だ！　怒りがふつふつと湧いてくる。われわれと同じじゃないか！

ソラナーはソラナーだ！　と、第二の自分が容赦なく訂正した。

ブルは自分のなかの気の迷いを振りはらう。

「決定はすでに出ています」ジョスカン・ヘルムートがついにいった。「わたしにはどうしようもありません。《ソル》から出ていってください。必要な準備をする時間は保証しますから」

スクリーンが暗くなる。

「そういうことか……」ブルはため息をついた。

男ふたりは顔を見あわせる。

「そろそろ真相を知りたいものですな」と、ジェント・カンタル。「いったいだれが、われわれに罪を着せてまで破壊工作をしているのか！」

＊

イルミナ・コチストワはほっとした。《バジス》に到着した直後、グッキーがスターファイアの横で実体化したのだ。

「これはこれは！」グッキーがふざけて、「われらがミュータントちゃん！」

メタバイオ変換能力者はびっくりとなり、スターファイアは赤面する。

「驚かせるつもりじゃなかったんだけどな」と、ネズミ＝ビーバー。

〈よけいなこといわないで！〉と、イルミナ・コチストワは心のなかで憤慨して、〈この子に思いださせたいの？〉

グッキーは動揺こそしなかったが、冗談をいうのはやめた。スターファイアはすぐに慣れ、興味深げにまわりを見ている。

「気にいったかい？」と、グッキーはきき、わざとオーヴァーなジェスチャーで、「もしよかったら、ぜんぶ見せてあげるよ。いますぐ案内してあげるから。どう？」

イルミナ・コチストワは態度を硬化させた。グッキーは無理に少女の気をひこうとしているのか？　スターファイアがこれをきっかけにテレポーテーションを習得してしまったら、どうなるだろう……

だが、ネズミ＝ビーバーは思った以上にすぐれた心理学者だった。その提案がイルミナの心配と反対の効果を生んだのである。スターファイアの好奇心はむしろおさまってしまった。

「あとでね」と、少女は遠慮がちに、「なんの知らせか聞いてから……」

そういうと、さっさと歩きだした。周囲のようすも気にしない。グッキーが道案内する。急いでいるところを見ると、スターファイアがいなくなっても《ソル》は相《あ》いかわらずごたごたしているのだろう。

〈この子に真実をいうときじゃないかしら？〉と、思考を集中した。グッキーがこちらを向き、〝だめだ〟という顔をする。イルミナは唇をかんだ。ネズミ＝ビーバーがこの問題をよく考えてくれるよう、願うばかり。

にせの死の知らせが、少女の脳で眠っていた力を解きはなってしまったら、どうなるのだろう？

スペース＝ジェットを降りた格納庫の近くにある、こぢんまりした制御室にはいった。

この場所はいいわ、とイルミナは考える。これほど危機的な状況でこの子を《バジス》の最重要施設の近くに連れていくのは、思慮を欠いているから。制御室は通常は無人なのだろう。いまは偶然いあわせたかのように、ロワ・ダントン、ペイン・ハミラーと十数名の男女がいた。スターファイアはおどおどしてまわりを見ている。ネズミ＝ビーバーは少女の手をとって、

「こっちにきて」と、ちいさな声でいった。

静寂がひろがる。スターファイアはそれに気づかなかったらしく、ネズミ＝ビーバーの前にある大きなスクリーンを興奮して見た。グッキーはマイクロフォン・リングをさししめし、

「きみの名前をいって。それと、おじいちゃんの名前もね」

少女はだれが見てもわかるほどびくりと痙攣《けいれん》したが、それにしたがった。準備中のマークが消え、その場所にデータがあらわれる。老人の写真で、撮影当時は六十歳くらいだろう。

名前はシェル・グンリン。《ソル》でひとり娘が生まれている。娘はごく平凡な名前だ。グンリンはデータによれば非常に目だたない男で、黙々と辛抱強く仕事に励んでいた。娘は遅くに結婚して双子を産む。親戚関係の説明はその程度で、この手間は節約できたのに……と、イルミナ・コチストワは思った。スターファイアの反応から、長い説

明をしなくても、自分の祖父をはっきり認識できていることがわかったから。

フィルムはつづく。三五八四年五月から三五八六年五月一日までの地球の歴史にもとづいて、客観的な映像と語りがはいり、同時期におけるシェル・グンリンの捏造《ねつぞう》された物語がはじまった。千名ほどの人々が《ソル》を出るところからだ。かれらは当時、小陸下の支配から解放されたばかりのテラにのこると決めたもの。《ソル》はペリー・ローダンを探して大宇宙の深淵に消える。テラの人間たちは、すっかり荒廃した惑星で生きぬくために戦った。

そこにやってきたのがコンセプトだ。だが、シェル・グンリンは関心をしめさなかった。フィルムから判断するかぎり、受動的な人生を送っていたらしい。もちろん、少女の祖父その人がスクリーンに登場することはない。とはいえ、自動装置の冷静な音声が、適当な映像にあわせて個人データにもすこし言及したが。

コンセプトは〝巨大花火〟のあとで消える。シェル・グンリンは技術者チームで自分の職務をはたしていた。とくに英雄的な行為で目だっていたわけではない。だが、ほとんど住人のいない惑星で、怠惰で贅沢な暮らしをしようとするタイプでもなかった。

テラが宇宙のもとの場所にもどったとわかったとき、グンリンは安全な場所をもとめて素直にルナにうつる。次元移動も乗りきった。第一陣としてルナを去り、移動の結果についてテラから詳細を連絡する。そのときから、全力をつくして地球への再居住を指導するメンバーにくわわり、実務を担当。〝巡礼の父〟計画では回収船の任務を打診されたが、断り、テラにとどまった。

やがてネーサンが謎めいた活動を開始し、《バジス》が建造される。グンリンは《パン＝タウ＝ラ》という名の謎の物体を探すチームへの参加を申しでた。応募は受理され、グンリンは四週間の休暇をとって、ひとりでかつてのユーゴスラヴィアに出発する……

フィルムはここで終わった。イルミナ・コチストワは少女を物語のショックから守ろうと、とっさにスターファイアのほうに向かう。だが、だれかに腕をつかまれた。振りかえると、ロワ・ダントンである。ローダンの息子は無言でかぶりを振った。

「シェル・グンリンは三五八六年四月十四日、警察ロボットに発見されました」と、自動音声が無感情にいう。「重傷を負った状態で、岩壁の下に横たわっていたのです」

赤い点のある地図があらわれた。海岸の山脈がはっきりと見える。点がしめしているのは、古い町ザダルの北にある名もなき場所だ。イルミナ・コチストワは思わず自問した。この情報がわかったからといって、スターファイアになにができるのか。

「三五八六年四月十四日、標準時間の二十三時二十分に死亡が確認されました」

部屋はしずまりかえった。スクリーンの地図と数字が消えていく。数秒間が永遠のようである。そのとき、イルミナはスターファイアの周囲が脈動するのを感じた。リズミカルなぱちんという音、どしんという音。幽霊のようなイメージが、やがて大きな人影になり……

ミュータントは身をもぎはなした。グッキーが弾丸のように空中を飛び、壁に衝突して、床に落ちる。室内にいるほかの者たちは、うなりながら頭をかかえこんだ。災厄を予告するように、どこかで不気味な音がする。イルミナは粘りけのあるシロップでおおわれた床を歩くような格好で、空中を浮遊した。両腕をスターファイアのほうに伸ばして呼びかけるが、少女はなにもいわない。なんとか触れると、素手で高圧電線を握ったようなショックに襲われた。痛みと熱感とともに、本能的恐怖を感じさせる未知エネルギーが体内を駆けめぐる。少女がよろよろと動きはじめた。

空気は沸騰した水のようで、床は沸きたつ溶岩のようだ。どれくらいの時間か、自分がどこにいるかもわからない状態がつづく。それでも、しだいにスクリーンと制御パネルの輪郭が、真っ赤に燃えたつような景色からはっきりあらわれてきた。少女の体重を感じる。いまできるのは、この子をしっかり抱きしめることだけだ。

いつのまにか手がさしのべられ、ミュータントは支えられた。だれかの声が必死に話しかけている。イルミナは床にすわり、力がもどってくるまでじっと待った。スターファイアを目で探す。少女はちょうど目を開いたところだった。グッキーが隣りに立ち、心配そうにその顔をのぞきこんでいる。

「《ソル》に帰りたい!」スターファイアは聞きとれないほどちいさな声でいった。

＊

スターファイアがジェント・カンタルとレジナルド・ブルに出会ったのは、偶然である。格納庫でいっしょになったのだ。ブルは立ちどまったが、なにかいおうとしたとき、見えないこぶしに一撃され、身をすくませた。見ると、エアロック・ハッチの近くにネズミ＝ビーバーが立っている。

ブルは額にしわをよせた。スターファイアは黙ってその前を通過し、テラナーふたりが《ソル》から乗ってきたスペース＝ジェットのなかに消える。

「どうも幸せそうには見えないが」レジナルド・ブルは振りかえり、グッキーのうしろに立っているイルミナ・コチストワにいった。ハッチの向こうでスペース＝ジェットがスタートする。

「ひどいショックをうけたからです」と、ミュータントは暗い顔で答えた。「《ソル》生まれたちを怒らせた張本人ですし」

「破壊工作者か？」カンタルが茫然としてたずねる。

「悪い冗談で茶化《ちゃか》さないでくれ！」ブルはいきりたった。

「冗談じゃないよ」グッキーが冷静に反論。「スターファイアはミュータントなんだ。あんたたち、幸運だったぜ。あの子、《ソル》をばらばらにすることだってできたんだから」

「だが……」ブルはすこしいいよどんでから、「それなら、なぜあの子を行かせたんだ？　スターファイアはなにをしようとしている？」

「あの子はなにもわかっていません。いまでも、なにが起きたのか理解していないと思います」イルミナ・コチストワがしずかにいった。「スターファイアはおじいさんのことだけを考えていたんです。亡くなったと知らされたため、彼女の潜在意識は《ソル》生まれの計画に抵抗する理由を失いました」

「きっと乗りこえられるさ」グッキーがつけくわえた。「おじいちゃんの死をだれのせいにもしないように仕向けておいたよ。あの子のショックをできるだけちいさくしたかったからね……それくらいしか、ぼくにはできないけど」

「彼女の祖父はまだ生きているのか？」と、カンタル。

「いや、実際に亡くなっている」ペイン・ハミラーがそういいながら、カンタルの顔を見て、「ダルギストとの戦いではほとんど犠牲者は出なかったんだが、シェル・グンリンはたまたまそこに居あわせてね。そのデータを改竄《かいざん》しようとグッキーが主張したのさ。そうしないと、スターファイアの潜在意識が《バジス》とその乗員に罪を着せてしまう恐れがあるので」

　ジェント・カンタルとブルはなにもいわないことにした。まずはくわしい情報が必要だから。イルミナ・コチストワとネズミ＝ビーバーの熱心な説明のおかげで、スターファイアがもう危険人物ではないと納得した。少女はすぐにほかのミュータントとコンタクトすることはないだろう。そうなったとしても、またあのように厄介なことは起こさないはず。スターファイアの危険なトラウマは消えたのだ。きょうだいとのかたい絆がすべてを埋めあわせるだろう。

「腹だたしいのは」と、最後にブルはいった。「《ソル》生まれたちが相いかわらず、破壊工作の罪をわれわれに着せていることだ。あいつらの考えをあらためさせないと」

「スターファイアをやっつけさせようっていうのかい？」グッキーが挑発的な口ぶりになる。

「あの子をすぐに殺すようなことはしないだろう」ブルは不機嫌につぶやいた。

「それはしなくても、しつこく調べるね。そしたら、また困ったことが起こるよ。あの子にも負担が大きすぎる。だから、ほっといてあげてよ」ネズミ＝ビーバーはテラナーをじっと見ると、「お願いだからさ！」と、いいそえた。

＊

《ソル》生まれたちは勝利者気どりである。ブルとカンタルが宇宙船から去ったあと、船内はまた平静をとりもどした。ウィンガー船はじっと機会をうかがっている。《バジス》と《ソル》はならんでしずかに漂っていた。ペリー・ローダンと〝サスコーン〟たちからは、いまだに連絡がない。

あとがきにかえて

赤坂桃子

最近、ブレンダー（ミキサー）を購入した。以来、毎朝かかさず果物ジュースを飲んで半年になる。小さい頃に母親からさんざん「朝の果物は金、昼は銀、夜は銅」と言われてきた刷り込みが、いまになって効いてきたのだろうか。なんとなくからだの調子がいいような気がして続いている。

一日の時間帯によって効率や効果が違ってくるのは、翻訳の仕事も同じこと。午前中は「金の時間」で、頭はすっきり、目もよく見える。これが夜ともなれば、頭は銅どころか鉛のようになり、目はテキストの同じところをいったりきたりするばかりで、いたずらに時間が過ぎていく。夕方ごろに区のスポーツ施設でトレーニングをして、からだを「朝のように」活性化しようとするのだが、夕食が妙においしくて、ばたっと早寝してしまうのがおち。「金のあたま」をコンスタントに保つのは、なかなかむずかしい。

訳者略歴 1955年生，上智大学文学部ドイツ文学科・慶應義塾大学文学部卒，独語・英語翻訳者，独語通訳者 訳書『トバの後継者』エーヴェルス（早川書房刊），『読書について』ショウペンハウエル他多数

HM=Hayakawa Mystery
SF=Science Fiction
JA=Japanese Author
NV=Novel
NF=Nonfiction
FT=Fantasy

宇宙英雄ローダン・シリーズ〈449〉

《ソル》破壊工作《はかいこうさく》

〈SF1902〉

二〇一三年五月 二十日 印刷
二〇一三年五月二十五日 発行

（定価はカバーに表示してあります）

著者 H・G・エーヴェルス
マリアンネ・シドウ

訳者 赤《あか》坂《さか》桃《もも》子《こ》

発行者 早川 浩

発行所 株式会社 早川書房

郵便番号 一〇一-〇〇四六
東京都千代田区神田多町二ノ二
電話 〇三-三二五二-三一一一（大代表）
振替 〇〇一六〇-三-四七七九九
http://www.hayakawa-online.co.jp

乱丁・落丁本は小社制作部宛お送り下さい。
送料小社負担にてお取りかえいたします。

印刷・信毎書籍印刷株式会社 製本・株式会社川島製本所
Printed and bound in Japan
ISBN978-4-15-011902-7 C0197